걷는 사람,

하정우

걷는 사람, 하정우

走路的人

河正宇 文／攝影
하정우

王品涵 譯

神啊！
為了能默默追隨祢所預備與計畫的，
懇請祢恩賜我健康的雙腳。

自序

不介意的話，我是走路的演員河正宇

我熱愛創作些有的沒的。我演出電影，也執導電影；我作畫，也策辦畫展。時隔七年，我再度出版新書。

近來，在「創作」這方面屢受稱讚，其中又以「取綽號」的天分尤其令我自豪。例如馬東石哥是馬東東、金泰梨是照燒金[1]、金香起是金氣香……

因為創作了多樣的綽號，而得到「綽號大師」的殊榮，不過實際輪

1 譯註：因金泰梨（Kim Tae Ri）的韓文發音類似烹飪方式照燒（teriyaki）。

到影迷為我取綽號時，大家的創意倒顯得更直接有力——「河大頭」。

儘管這個綽號源自我非同一般的頭部尺寸，但若看作是影迷們放大了我的優點，也可以想成他們相當開心見到我的大頭。我呢，也很喜歡「河大頭」這個特別的綽號。

不過，我其實還有個尺寸不亞於頭部的身體部位——腳，我的雙腳尺寸是三十公分。由於腳太大，經常得在梨泰院[2]或國外才能買到合腳的鞋。雖然有些不方便，但是我挺喜歡自己的「大腳」。每當紊亂的想法與煩惱開始在我的大頭翻湧，我就會在那些思緒脹得頭部漸趨沉重前，搶先一步走進世界。頭大的我，又能擁有一雙大腳，顯然是福報。

或許真是因為與生俱來的大腳吧？我喜歡走路，也很能走路。除了在休息時走路，我也會在拍攝現場走路。清晨一睜開眼，便開始走路；與朋友小酌幾杯後，也會走路回家。

當人們提及移動距離時，通常都會以「開車幾分鐘」或「走多少公里」表達。然而，不知從何時起，當我說起移動距離時，使用的單位變成了「單程幾步」。拍攝《下女的誘惑》期間，電影公司位在地鐵合井站與上水站間，我幾乎每天都從江南走到麻浦。這條上班的單程路是一萬六千步。這樣的走路分量，讓我很舒暢。

看著不僅格外愛走，甚至還會熱情宣導自己藉由「走路」所學、所感的我，周圍的人總笑我是「教主」。至於和我不熟的人則是常問：

「明明已經很忙了，為什麼還要走那麼多路呢？」

2 譯註：位於韓國首爾，早期為許多駐韓外國人的居住地，後發展為洋溢異國風情的區域。

「從什麼時候開始走那麼多路的？」

是啊，什麼時候開始的呢？仔細回想，或許是開始於我能做的事只剩下「走路」的那段時期。即使沒有人願意看我的表演，沒有半寸舞台容得下我立足，我卻始終不願埋怨世界或歸咎機運。無論是幾乎一無所有的茫然昔日，或是忙得必須壓縮睡眠時間才能消化行程的現在，走路，一直是支撐著我的方式。

我很喜歡這一點。無論置身什麼處境，無論擁有什麼，走路，是只要我活著，就能繼續做的事。

將測量步數的健身手環Fitbit戴上手腕，慢慢累積恰如時光流逝般的步數，可以說是我此生最著迷的遊戲。所以我創立了「走路會」，與朋友們打賭今天能走多少路，然後互相鼓舞繼續走下去；我樂於用雙腳走過自己生活的城市、觀察沿途的人們、發掘連結各處的小巷小弄。

話雖如此，我卻也不是時時都能踩著要去郊遊般的輕盈步伐離開家門。某些日子的清晨，我也有過一、兩次只想緊緊裹在棉被裡的情形。然而，只要克服不耐煩與懶惰，起床動身走路，雙腳便會頓時充滿力量，咻地一把拉近原本遙遠、蒼茫的世界與我的距離。

這本書記錄了我身為演員迄今所經歷過的路，以及實際靠雙腳所走過的路。此外，也談論我的身體與心靈在走路過程所產生的變化。或許，可以說是關於不斷地走，飢餓時便找些美食享用，然後在闖蕩世界的路途上，邊深呼吸，邊努力找尋天性的平凡人河正宇的故事。

我絲毫不曾想過藉由這本書去教導任何人，抑或是炫耀我的生活方式。每個人的步幅不同，步伐也不同。即使走在同條路上，各自感受的溫度與痛楚也完全不同。這一路上，我明白了世上沒有錯誤的路，有的只

我很喜歡一點，
無論置身什麼處境，無論擁有什麼，
走路，是只要我活著，就能繼續的事。

是稍微遲來與崎嶇的路罷了。

假如我所走過的路、所遵從的日常生活指南可以多少幫助某些人，哪怕值得採用的僅是非常渺小的部分，我也衷心感激。

我想過如果將每天早上行走一萬五千步上班的過程換成里程，這輩子能走少步呢？我和你在這顆地球上，總共會走多少步呢？

今天依然在各自的領域裡，留下大大小小的足跡，堅強地過完這一天的我們，都是滾動「地球」這顆行星的同伴。期盼讀者都能帶著如同假日與三五好友愉快散步的心情，閱讀這本書。

河正宇

二〇一八年十一月

걷는 사람, 하정우

走路的人

目錄

007 自序 不介意的話，我是走路的演員河正宇

第一章 一天三萬步，偶爾十萬步

021 千里之行，始於一句話——五七七公里，國土大長征後，我有所體悟

032 都是心情惹的禍嗎？——萌生這種念頭時，那就繼續走

038 為什麼總是迷失自我？——該用自己的呼吸與步幅走路時
046 下半身感覺舒暢的時光——從江南到金浦機場，我的步行健身
053 此生最後一個六天四夜——走路的人的天堂，夏威夷
062 休息，不是靜靜躺著——曾經想逃離夏威夷的某個日子
067 堅持「日常走」與「原地跑跳」——相當簡單的日行三萬步教室
077 十萬步日記——跨過瀕死點繼續走下去
092 經過流淚坡後，出現吃飯、休息的地方——沿著漢江走，就是我家的大院子
101 夏威夷走路行程——第二個家
112 走在魔幻時刻——嚴冬走路的樂趣

第二章 吃、走、笑

121 復盤的時間——為什麼？為什麼？為什麼！與無數「為什麼」對話
128 灰姑娘的秘密——像個上班族，像個運動員

134 吃吧、走吧、笑吧——當美食秀開始成為日常
143 飯，自己搞定——河正宇式的亂煮法
159 煮出美味熱湯渺小卻偉大的秘訣——與餐廳老闆對話學到的神來一筆
163 晨間走路與棒球——秋信守選手與我的人生曲線
169 只要邁開一步，就能繼續走下去——感覺棉被外很陌生的日子
176 好累，該走路了——越忙越累，越需要例行公事！
185 哪怕無法逗得所有人笑——非得拐彎抹角的原因
195 讀過人的表情後，好好記下來——坐在椅子上的導演視線高度
199 不會成為老傢伙的方法——讓位的人最美麗
203 您相信「言靈」嗎？——走在市中心，忽然
208 當我們同在一起——團體行動的樂趣
213 向各位介紹我的朋友——走路會的老男孩們
223 專為走路的人而設的周三讀書會——走路與閱讀神奇共通點

第三章　人，且走，且徬徨的存在

233 我擁有無法靜靜待著的才能——對不起，我不能專心
243 無法相信自己——混音，不完美的人類為留住完美聲音的奮鬥
247 為什麼不受歡迎？——即使如此，依然想當導演的原因
252 「像個男人」究竟是什麼？——關於恐懼
259 我選擇同伴的方法——與神同行
264 靠雙腳描繪的義大利藝術地圖——不是觀光，而是遊學的旅行
293 低潮老師——致走在「演員」這條路上的人們
302 我遇見的努力大師們——想想努力的密度
312 為走路的人祈禱——人類的條件
318 特別感謝　感謝名單

第一章　1부 하루 3만 보, 가끔은 10만 보

一天三萬步，偶爾十萬步

千里之行，始於一句話

五七七公里，
國土大長征後，
我有所體悟。

從首爾到海南，走了長達五七七公里，全是因為該死的一句話。
二〇一一年的那天，我以電影部門「男子最優秀演技獎」頒獎者身分出席百想藝術大賞。正好前一年，我才憑著《B咖大翻身》獲頒這個獎項，卻不知為何又因《黃海追緝》再度入圍。只是，我認為要連續兩年得獎，根本不可能。光是連續兩年入圍，已經足以成為我的獨家回憶，也足以成為趣事了。因此，身為頒獎者的我帶著極輕鬆的心情站上了舞台。

「如果得獎的話，我會帶著這個獎座展開國土大長征！」於是……當翻開寫有得獎者姓名的卡片時，我不禁身體一顫。不可置信地看著那張卡片上寫著我的姓名。

我甚至驚慌得閃過「現在是不是在偷拍整人節目？」的念頭。

是啊……在此奉勸老愛斷言「世上絕不會有那種事！」的人，務必要將當時的我視為前車之鑑。人類，是種連近在咫尺的事都無從預知的存在。人啊，確實是該慎言。我就這樣在意外獲獎的喜悅與感激之中，摻雜著一點迷惘。最終我張口宣讀：

「謝謝大家。得獎的是《黃海追緝》，河正宇。」

緊接而來的就是我想起打開卡片前，脫口而出的承諾。為什麼偏偏在萬人觀看的頒獎典禮上，說出那般魯莽的話呢？

儘管懊惱，玩笑話還是必須付諸實踐。無論如何，承諾了就該遵守。

當時身穿西裝，展露尷尬笑容的我，不久後便穿上登山鞋出發了。正如古人的比喻一諾千金，我因為魯莽說了一句話踏上千里路。事已至此，想想實在不能一個人上路，我想和自己喜歡的人們展開一趟熱鬧的冒險之旅。於是，我召集了那段時間一起拍攝電影《愛情小說》的演員孔曉振，還有其他親愛的演員同事、朋友們。懷抱著勢必得為這趟大長征留下紀錄的心情，在備妥拍攝紀錄片的器材後，我們正式啟程。

人們總是將看不見盡頭的遙遠路途稱為「千里之行」，不過換算成現代單位的話，千里大約等於三九二公里。從首爾到預定目的地海南的距離是五七七公里，因此我們的國土大長征是比千里之行來得更遙遠的路程。

假如靠我的雙腳一步、一步從首爾走到海南的話，眼中能映入多少自己迄今未曾見過的東西呢？我的體力極限究竟能到什麼程度呢？單純靠著體能和狀態皆不同的十六名朋友相互支持，踏上這趟遙遠的路途後，又會發生什麼事呢？

我曾經以為，熬過那段不容小覷的時光後，勢必會湧現過去從未感受過的感動；我曾經期待，抵達國土盡頭的聚落景色，勢必會相當浪漫而美好。

然而……在歷經無數騷動與意外後完成這趟國土大長征，我們舉辦了慶功宴。當天，我卻只感覺異常地無力與空虛，大概是因為這趟旅程太疲憊了。國土大長征期間，我並非僅像個機器人般行走，除了得拍攝紀錄片，還得照顧好自己邀來的每個人；再加上，為了不讓大家會對紀錄片與日程感到疲乏，也得源源不絕地想些新點子。就在每天不斷的喧嘩吵鬧間，不知不覺地抵達了目的地。

喜歡沿途的
每個瞬間，
這一路上時
常笑著。

然而……我卻只感覺在自己主導之下所發生的一切混亂與騷動，根本毫無意義。明明做了很多事的……順利完成拍攝紀錄片，也努力照顧每個人好讓他們不會脫隊……但我為什麼只覺得內心空蕩蕩呢？不是該不間斷地湧現自豪或喜悅的情緒嗎？

確實在急行軍行程結束後，大家歡樂得大開派對，所有人在笑語喧嘩中吃著烤全豬大餐。然而，我絲毫沒有心情參與其中。擔心破壞了朋友們高漲的情緒，我一心只想盡快拖著極度疲憊的身軀回家。所以置身瀰漫著「我們終於做到了！」的喜悅與正能量派對中的我，猶如幽靈般若隱若現。慶功宴途中，漸趨失落的我，最終逃離了現場，獨自返家。

後來，我像是生了場大病般睡了幾天。完全不外出，像個胎兒一樣持續蜷縮著身軀沉睡。很奇怪的是，在我半夢半醒間，會不停看到途中發生的事。我所走過的路、同行的人臉上的表情，一一浮現。

終日行走的某天、沁涼的清晨空氣、灼傷身體後背的豔陽，乃至完成徒步後的所感所思，一一栩栩如生地甦醒。隨著時間流逝，那段記憶不僅不曾變得模糊，反而傾瀉似地清楚朝我襲來。雖然路的盡頭什麼也沒有，途中我們所積累的記憶與時刻卻嵌入我的體內與心底，進而如影隨形地現身在日常。

過了一陣子，當我總算離開家門時，依稀記得見到面的每個人都看著我說：

「嗯？有什麼好事嗎？你整個容光煥發耶！」「你有點不一樣喔！」「你好像變得更有活力了。」聽過太多諸如此類的話後，不知是真是假的我，嘗試細細觀察鏡中的自己。另一端，站著看起來健康得與過往無從比較的我。那般健康、開朗的氣息，於國土大長征後的數個月間持續存在。

這時，我才總算頓悟。結束這趟行程後，我所感覺的空蕩蕩，或許是自然的。走路所給予的禮物，並非什麼突然拾獲的偉大之物，唯有散落於首爾到海南沿途的，最終才能真正如紋身般嵌入我的身體與心靈。

至今仍會與當時一起走過這段路的人們碰面、暢聊，然後笑著問彼此何時要再拍《577計畫》續集。而我們的聊天內容，大多是關於沿途的某些片段。

人的一生，是懷抱著某種期待與夢想而活，「以後情況會好轉」「時間一久就會沒事」「熬過現在，我就會蛻變成更好的人」……小時候，這些希望與夢想佔了生活極高的比重，但隨著年齡漸增，其幅度也開始慢慢減少。隨後到了某個瞬間，便會萌生「這一切根本毫無意義」的念頭，進而走向懊悔、放棄的階段。

隨著時間流逝，我漸漸拋開結束這趟行程後的強烈空虛感，反而開始嘗試咀嚼這一路上的自己。為什麼當時的我不是一天比一天更快樂地走

路的盡頭什麼也沒有。然而，這些微
不足道的剎那與回憶，最終卻也成就
了我們。

著？為什麼在那段可一不可再的寶貴時光，我沒能和同行們再多笑些、再多聊天打鬧些、再多盡情享受些呢？反正到了最後，還不是空手而歸。

我的人生，終究也會和國土大長征一樣，空手而歸。假如人生的盡頭是所謂的「死亡」，是誰也避不過的「無」，那我們能做的，唯有每天努力著與喜歡的人們一起快樂地笑、一起快樂地聊。

不少人都期待著能在路的終點迎來某樣了不起的東西，我當然也是其一。沒想到，始於玩笑話的國土大長征，卻讓我對「走路」完全改觀。我們在路的盡頭所發現的並不是什麼了不起的東西，而是我身上的汗味、身邊人們濕黏的氣味、嘈雜的聲音、塵土、疲憊、傷口、疼痛……或許還有些倦、厭煩、病痛。然而，這些微不足道的剎那與回憶，最終卻也成就了我們。

始於一句話的千里大長征，走到了盡頭，或許有些訝異，卻是什麼也沒有。可是，無所謂，只因我走這趟路也不是為了想在盡頭拾獲些什麼。直到現在，我依然帶著一路上積累的瑣細趣事與回憶，一步、一步走著；然後再將自己洞悉到的渺小卻令人驚豔的秘密，與更多人分享。

都是心情惹的禍嗎？

萌生這種念頭時，
那就繼續走

「我今天沒心情，可以的話，下次再說吧！」

有時候會莫名變得敏感，説話與行動也都異常激烈。這種日子，我開始躁動，開始對周圍的人發脾氣，通常「都是心情惹的禍」。只是，我幾乎不曾真實體悟與坦白——所謂一切「都是心情惹的禍」，實際上，我不過是個被心情「惹到」的人罷了。

心情的力量無比強大，因此能輕易左右任何人。可能因為瞬間的心情而做出錯誤判斷，或無意間傷害他人，甚至單純因為心情而撒手不顧本來應該處理的無數件事，讓自己無精打采地虛度一整天。根據以往的經驗，我內心絕對清楚不能讓這種不悅的心情持續，卻仍然免不了被當下情緒支配地生活著。心情對人生的影響那麼大，如果可以學會改變當下的心情，說不定就能因此改變整個世界。

啊，心情。仔細想想，搞得你我情緒忽上忽下，操縱著人生重要大事的結果與方向的，全是這個老出問題的傢伙。難道就沒有什麼能安撫這名為「心情」的東西，讓大家能好好過日子的方法嗎？

每個人轉換心情的方式不同。有人會和相處自在的人聊天，有人會吃比平常分量更多的食物、喝比平常分量更多的酒。無論是何種方式，雖然能立即見效，副作用卻也隨之而來。長遠來說，還對健康有害，有時為了轉換心情做出損人利己的行為，也會造成他人心情不悅。

碰上這種時候，我會選擇毋須擔心副作用的「走路」。就像下雨時撐傘、天氣冷時穿外套，心情出現問題時，我就輕鬆地走一走。人都會遇上問題或煩惱，當煩惱悄悄爬出腦海，開始跨乘於雙肩重壓著我時，我便會萌生「不管了，先出去走走，回來再煩」的念頭，然後就走出家門。

有時，走著走著煩惱依然持續。不過，神奇的是，煩惱的重量卻能在走路期間不知為何地變輕了些。最重要的是，走完路回家時，肚子實在太餓了。原本活動身體時所挪出的煩惱與痛苦空位，早被飢餓默默填滿。那時候的我滿腦子只會想著「走完路之後，該吃什麼好？」冰箱還有早餐沒吃完的食物，該加些什麼來配啤酒好呢？還是去超市逛逛再回家好了？或者是，今天特別點，去趟水產市場買些生魚片？就這樣一邊走一邊拚命想菜單。

回家後呢？我會精心準備好今天認真挑選的餐點，然後好好吃頓飯。

直到吃飯時，才猛然回神「我真的是那個不久前還在苦惱的人嗎？這頓飯也太好吃了吧？」吃完飯，稍微喘口氣，接著去洗個澡。身軀迎著水柱，我忽然憶起「煩惱，啊……對耶，白天時我在煩惱一些事的。可是，怎麼洗了洗澡，又覺得整個人滿輕鬆的？」儘管努力想繼續先前的煩心事，我的心情模式卻早已轉換。

睡前躺在床上，嘗試喚回不久前究竟在煩惱些什麼的記憶，卻已變得模糊。煩惱的主體固然鮮明，可是已經不再如白天所感受的那般嚴重、艱鉅。明明是很沉重的，回想起來，似乎也不像當時想的那般急迫了。想著、想著，下一秒的我已沉沉酣睡。一切很單純，當人體活動得越多，睡眠品質也會跟著變好。入睡前，我莫名地揚起微笑。一般而言，一個人有煩惱的話，通常都會輾轉難眠、神經緊繃吧？不過，我今天真的睡得很香……

因煩惱而心情惡劣的日子過去了，不知不覺又迎來清晨。起床後呢？真的沒什麼大不了的。唯一切實的體悟是，昨天的煩惱根本不是什麼了不起的問題。該稱為是種走路的蝴蝶效應嗎？因為光是出門走一走，就能產生如此巨大的變化。於是我懂了一件事，受制於心情而後生出問題，任由煩惱腫脹的，其實是自己。

如果被壞心情俘虜而感覺自己當下做不了任何事時，不妨試著出去走走。與其思索千萬遍，徒增煩惱的重量，強化心情壞的程度，不如外出走個三十分鐘後再回來。如此一來，就能神奇地感受心情模式產生變化。

我不想輸給自己的心情所以走路。秉持著能控制自己心情的信念，不再讓任何人因我的心情難受。走路，成了我對自己、對他人的約定。

走完路回家，下一秒的我已呼呼大睡。
不知失眠或憂鬱為何物，隨處都能酣睡的我，祕訣正是走路。

為什麼總是迷失自我？

該用自己的呼吸與步幅走路時

二〇一五年，當自導自演的電影《許三觀》上映時，我正好也在拍攝電影《暗殺》的重要場景。由於《許三觀》的觀影人次少得甚至令人詫異，我就開始急著找原因。不斷自責的我，還得兼顧迫在眉睫的《暗殺》拍攝進度。

到後來，光是要前往拍攝現場這件事對我都變得很煎熬。因為大家都明顯地想嘗試安慰我。有些人若無其事地輕拍我，有些人察覺我內心的焦慮，總是謹慎地考量該如何和我對話。百分百感受到這一切的我，更覺得不自在。

那時候突然覺得自己變成了笨蛋。我不懂應該在大家面前流露出什麼表情，不懂該如何傾訴自己受傷的心，不懂該怎麼接受大家的慰藉……我什麼都不懂。原本在拍攝現場總是輕鬆説笑，逗得眾人呵呵大樂的河正宇消失了，只留下一個難以融入群眾，陰沉且憂鬱的男子。

清晨前往拍攝現場的上班途中，我禱告了一小時，只求能順利消化自己飾演的角色。

經過一番纏鬥，好不容易結束《暗殺》的拍攝之後，我去了一趟牙科，拔掉一顆智齒。接著搭上夜間班機，前往洛杉磯；一個月後，我要在洛杉磯舉辦個人畫展。

抵達洛杉磯住處的第一天，因時差的關係，直至半夜我都還瞪大著雙眼無法成眠。是太操勞了嗎？當免疫力開始變弱時，偶爾會感覺有股奇怪的恐慌與寒氣撲擊身體。伴隨不安感而來的，還有惡寒與痛感。一心想著去冰箱拿點水出來喝也好的我走向廚房，雙膝猝然發軟，頓時癱坐在地，就這樣過了好長一段時間。

「現在……該怎麼辦？」

舉辦個人畫展前，必須依約完成一定的作品量。隨著開幕日越來越近，畫作的數量卻依然不足。約定舉辦個人畫展大約是一個月前的事，正當我不敢絲毫懈怠地作畫之際，忽然閃過這樣的念頭：

「我為什麼在這裡？」

「怎麼可能畫得完這些？」

「做不來的話，該怎麼辦？」

突如其來的恐懼——關於我答應過的一切，我應該要完成的一切。

即使如此，仍覺得應該做些什麼的我，咬緊牙關埋首作畫一個月。我完全不外出，只是發瘋似地畫了足足二十幅作品。那是段我一天會花十三至十五小時沉迷作畫的時期。然而，仔細回想後，當時的我似乎不是在作畫。或許，只因受夠了恐懼，而不斷地在複製「我」。等到回過神，體重竟增加了足足十五公斤。

終於到了畫展開幕日。雖有些驚險，幸好還是如期完成當初約定好的作品量。畫展期間也有些知名的藝術評論家來訪。不過，原本在畫廊對畫作做出禮貌性讚許，並以談論我的畫作優點為主的藝評家，卻在私底下小心翼翼地走向我說：

「為什麼您好像只在意構圖？」

在那場畫展的一隅，我放置了自己隨時隨處的速寫作品，而偌大的展場空間則留作展示具完成度的作品。他對我提出了直刺要害的問題：「為什麼不能自由地畫出像放在那個角落的速寫，而是不斷執著於畫作的構圖要素？」

對我而言，那個問題聽來無異於「人生難道只為了他人的視線而活嗎？」

不僅是對於畫作，還有對於電影、對於導演、對於演技、對於人生。

當時，我不斷地反問自己。

「為什麼總是迷失自我？」

將近一年半的時間，我真的過得相當忙碌、努力。先是參與拍攝《許三觀》，及後期製作、上映，緊接而來的是參與拍攝《暗殺》；《暗殺》一結束，馬上又花了一個月時間全力準備個人畫展。然而，這般傾注能量換來的竟只有一個結論：

「為他人的眼光而活的人。」

那位藝評家的話，扎入我的內心深處，我飽受衝擊。不過，那句話卻也同時為我帶來重要的領悟。

我彷彿一個學步的孩子，從頭開始一一問自己。

「我最初是怎麼作畫的？」

「我真正想做的是什麼？」

「為什麼想作畫？」

幸運的是，我預計六個月後再於紐約舉辦個人畫展。這次，我不在乎是否能得到大家的掌聲，只是專心作畫。

我畫出一幅符合自己心意的作品後，一一送往紐約。

結果如何？

如果能像成長小說般，像情節逆轉的連續劇般，好評不斷或民眾爭相造訪畫廊，自然是再好不過……嗯，其實只賣掉一幅。可是，我的心情卻異常地好。

「對嘛，我本來就是畫這種畫的人。」

然後沒來由地，我笑了。

其實，早在創作紐約畫展的畫時我就知道了，預感著「不會有人喜歡這幅畫」，心裡想著「這次應該賣不好」。那段期間，大家看到我的人物畫，總會說「可怕」。儘管畫作賣不賣得出去，對我來說不是什麼具決定性的重要事，對選擇、展示我的畫作的畫廊卻極為重要。

我也想過為了信任我作品的畫廊相關人員，嘗試創作些能對他們有幫助的畫。要不要畫些明亮、有活力的畫呢？

不過以那位藝評家令人感激的指責為契機，我決心「創作自己想畫的畫！」當然了，在紐約領到的成績單相當悽慘。賣出的畫作數量：一幅。（而且再也沒收到任何來自紐約畫廊的聯繫……）不過，那件事對我來說是關鍵的轉捩點。我不再受外界眼光左右，決定隨心所欲地畫。作畫如此，人生如此。

相較於陳列十幅不上不下的畫作，現在當完成一幅像我的畫作時，心情更好。

曾經，我感覺自己失去熱情。我需要時間重整自己。

走自己選擇的路、清楚自己的步幅而不勉強、循著自己的呼吸而走，走路時不該忘卻的事，竟巧妙地與人生如此相似。

不再受外界眼光左右，
我決定隨心所欲地畫。
作畫如此，人生如此。

近期於夏威夷創作的畫。
相較於陳列十幅不上不下的畫作，
現在每當完成一幅畫作，我心情更好。

下半身感覺舒暢的時光

從江南到金浦機場，我的步行健身

聽見整天坐在書桌前工作的人說：「偶爾覺得自己的身體只剩下腦和手……」時，我著實被嚇了一跳。這番話，或許能引起不少文職工作者的共鳴。世界要求我們用輪子代替雙腳，以提高活動速度，加速大腦與雙手移動，以提升生產效率。而我卻選擇跨出雙腳，緩慢步步前進，只為了喚醒身體曾經擁有的感覺。

我喜歡自己走路時，由腳底傳至大腿，那股源於土地的堅實質感。不倚靠外來力量的強壓，而是如扎根般，一步一步踏在這片土地上的感覺，覺得真好。

不過，一旦體重上升，相較於支撐身體的雙腿，走路時會開始感覺膝蓋與腳踝的疲勞感來得更快。曾試過當體重在沒有拍攝電影期間略增時，就算不用實際測量，一走路便能立刻察覺：腳步變重、呼吸加速並變得困難。據說當身體變胖時，只要多走些路，即會依序由腳踝、膝蓋、骨盤、腰部開始感覺疼痛，接著還會出現手臂麻痺、手腳腫脹的情況。因此，許多人也會在這個階段選擇放棄走路。其實，越是如此，越該繼續走路。持續走路，便會慢慢舒緩諸如此類的不適，體重也會隨之下降。此時，也能迎來下半身感覺舒暢的瞬間。

讓走路時處於幾乎不感負重的輕盈狀態，那是我自覺應該維持的最佳體重。

走路，為身體抓穩平衡。一天走一萬步，加上稍微調整食量，只要一個月，就能發現體重大幅減少。如果之後能繼續控制飲食，就可以在執行兩個月後開始由一萬步調整為一萬五千步。雖不是太困難的飲食療法，也不是天天只注重運動的方式，卻能藉由減重的速度，實際感受健身的樂趣。

遇上拍攝行程逼近，必須「急速減重」的情況時，我只會列出幾項絕對禁食的清單，然後繼續如常地吃，如常地走。漢堡、泡麵、碳酸飲料、多糖與多鹽食物——聽來雖有些像說大話，但只要避開這四類食物，加上持續走路，便能確實減重。

拍攝電影《失控隧道》時，就是我必須短時間內大量減重的時期。受困於崩塌隧道內孤軍奮戰的男主角正秀，歷經搜救行動不見成果，時間軸一下子便跳到三周後。

那場三周後的畫面，原本預計間隔兩周，好讓我徹底實行減重後，再重啟拍攝作業。沒想到基於行程安排，最後不得已只能給我五天時間。五天，我就得透過迅速減重變身成因為沒吃、沒見天日而瘦成皮包骨的模樣。然而，我人在首爾，甚至還是一月初的冷天，究竟能有什麼方法在五天內急速減重？

茫然。沒有任何選擇。總之，毫無計畫的我決定先去趟位置在南方的暖和濟州島走路。

啟動減重任務的第一天，我於清晨七點從家裡出發前往金浦機場。為了搭飛機走幾個小時，聽起來可能有些荒誕，但當時的我認為自己的每一分、每一秒都得用在減重。勤奮地走路抵達金浦機場時，是下午三點。接著，必須趕緊搭乘下午三點半的飛機前往濟州島。抵達住處後，一整好行李，就立刻到附近的偶來路[3]走四小時。抓緊自己僅有的時間在首爾

3 譯註：沿濟州島海岸建成的小路。

與濟州島走路，在沉澱自己紊亂的心之際，催生自己一定能如期完成的信心。

第二天，我凌晨四點就起床。吃過簡單的早餐，動身前往漢拏山攻頂。攻頂完下山返回住處，又花了約三十分鐘讓身體回溫。接著，再次出門，繼續走六個小時。回來後，我像昏過去一樣入睡。

第三天，清晨六點起床。吃了點早餐後七點出發，一直走到晚上十一點才返回住處。

濟州島的五天四夜，我就依循這種模式，走到後來漸漸變得輕鬆、熟練。跟著日漸單純的作息，身體也越來越輕盈。回到首爾時，我減輕了四公斤。除了體重數字，還因為身體實際接觸了山風、海風，以及成天像個背負許多故事的流浪者般不停走路，終於超乎預期效果地成功打造出一副清瘦的憔悴軀體。這個模樣，或許正是劇中三周後的正秀了。

在我相熟的電影製片人中，有位體重超過一百公斤的大哥。工作繁忙的他，日常生活幾乎離不開汽車。即使是買不起車的時期，幾乎也都是搭計程車，在車上邊打電話，邊處理累積待辦的資料。比起使用雙腳，使用滾動的輪子才是他認為理所當然的人生。不過，對這位大哥工作之外的健康也同樣關心的我，執著地央求他和我一起走路。

大哥終於擠出時間和我並肩散步的某個「奇蹟日」，他卻在中途放棄。走了一段路後，他突然停下腳步，逕自攔了輛計程車回家。不是因為大哥的意志力不足，而是對一個體重過重的人來說，走路已經變得十分吃力。

雖然那天大哥就這麼放棄了，我依然鍥而不捨，天天向他表達自己透過走路感受到的好處。時間一久，大哥慢慢把我的話聽進去，每天一點一點，後來我總算聽見他願意開始少量走路的消息。

結果，現在的他甚至因走路減重改變人生。撇開體重大幅減輕這個必然的結果不說，在我看來，大哥的氣色也變得光亮。長久以來拖著超過一百公斤生活的他，自從減輕二十多公斤後，不僅開始穿上一些貼身的衣服，也在與人相處時多了自信，電影事業也隨之變得順利。

儘管大哥變得比開始走路前更忙，卻也堅持走路至今，如今已邁入第三年。

其實，對於體重過重，初入門者，還有忙碌的上班族而言，一萬步的確偏多了。一日萬步僅是美國心臟學會為了預防心臟疾病所建議的數字，不一定是適合自己的步數。剛嘗試的人不妨試著從五千步開始。與其訂定過分的目標，導致立刻放棄，不如設定可以輕鬆達成的目標步數，好好享受走路的樂趣才重要。

住家附近再怎麼不方便走路，至少也有些巷弄小路與人行道。現在就開始慢慢從身邊最近的路走起，再也不需要無理的斷食或節食就能讓身體產生些微變化，這是我鼓勵各位邁出走路健身的第一步。

此生最後一個六天四夜

走路的人的天堂
夏威夷

初訪夏威夷是在結束紀錄片《577計畫》，開始投入拍攝《柏林諜變》電影之前。沒有抱持太大期待，只是忽然想造訪夏威夷，結果這趟行程竟為我的走路人生帶來巨大影響，引領我進入全新的世界。

前往夏威夷前，我根本不明白自己想追尋些什麼，不懂悠哉享受人生的方法，更不懂「休息」為何物。即便為了想替心靈找個棲身處而四處旅行，旅途中的我往往不曾好好休息，反倒是急躁地想在自己遊歷過的地方留下些足以紀念的痕跡。旅行，彷彿成為了非得吃些什麼、看些什麼，確認自己在每處都留下足跡的事。於是，儘管去了其他人喜歡的地方，我都會在與朋友喝過幾杯後，脫口說出「呼——玩得真開心，不過還是想快點回家。」這之後免不了暗自感覺一切的空虛。

可是，夏威夷不同。抵達當地的第一天，睡醒後看了看日出，心想其實也沒什麼特別的，換句話說，就是四周景色沒有驚艷得讓人忘我地張嘴吐舌。然而，當我靜靜凝視太陽徐徐升起，佇立於再平凡不過的自然景象之中，卻感覺到難以相信的平靜。太陽溫柔地曬暖我的背，空氣疏通我長久堵塞的毛孔。夏威夷的土地扎實地支撐我的雙腳重心，讓我的全身上下都能感覺自己是個活著的生命。「原來是這裡……」我在心底呢喃著。這是種找到自己長久以來徬徨地尋覓棲身處的心情。那時起，我便深深為夏威夷著迷。

只要到了夏威夷，我總能感覺自己屬於大自然，感受自己是這個地球、這片土地一份子的安定感。即使夏威夷的大自然什麼也不做，也擁有撫慰人的力量。哪怕僅是仰望隨著氣候時刻變幻的天空，也會令人不覺時光流逝，心情漸趨平靜。

在首爾，偶爾眺望窗外時，會感覺世界看起來好遠。或許是因為自己的職業是演員，在首爾無法好好享受平凡日常，無法好好融入這座大城市，甚至無法從容地隨處隨意休憩。可是，置身於夏威夷的大自然間，我感覺自己與這個世界緊密結合。我確認了自己活著。

有一次，跟我在《恐怖攻擊直播》合作過的導演金秉祐、攝影指導金丙書兩人安排了四天行程到夏威夷；他們此行目的是為了和我討論下次要合作的電影《90分鐘末日倒數》。我算好他們飛機的抵達時間後，前往機場迎接。當時的我沒有特別花心思打扮，也沒有準備。後來，金秉祐導演告訴我：「遠遠見到你穿著短褲配拖鞋走過來，看起來非常自由。我

像是找到自己長久以來徬徨地尋覓的棲身處。我深深為夏威夷著迷。

在神秘的榕樹下
只要到夏威夷，我就能感覺到自己屬於大自然

好像從來沒看過你像那樣一身輕鬆裝扮，慢條斯理走來的模樣。」

他們說：「你以前向我們提起自己多為夏威夷著迷時，頂多只覺得那是個厲害的旅遊景點，但不太清楚為什麼會那麼喜歡。直到真正來了夏威夷，看到你自在神態的瞬間，立刻就懂了夏威夷確實才是真正適合河正宇的地方。」

後來，我經常造訪夏威夷，甚至有過六天四夜行。由於需要花極長時間搭機，因此跑去夏威夷過四夜其實有些瘋狂。當時的我，雖有點任性，卻是真的這麼想：「假如人生只剩下『最後的六天四夜』，我真正想做的是什麼？」

結論是「走路」。我想動身，繼續走路。

各位呢？如果人生的終點是長度有些曖昧的六天四夜，各位會做什麼？可能有人想和朋友見面暢聊，或是造訪從未去過的地方觀光，我自己卻只想移動腳步，繼續走路。

一心想著「人生最後的六天四夜」而抵達夏威夷的我，整天都在走路。除了走路、吃飯，什麼也沒做。結束這趟瘋狂的旅程後，夏威夷讓我留下了瘋也似鍾情的休憩回憶。

當我感覺日子越來越難熬時，就想去趟夏威夷。對我而言，萬一沒有夏威夷，自己說不定早就在許多事情與壓力中崩潰。在夏威夷，我能在大自然的懷抱裡呼吸，在那邊的天空下無憂無慮地歇息。夏威夷是平凡人河正宇能好好享受日常最奢侈也最恬靜的洞穴。

金秉祐導演告訴我：
「遠遠見到你穿著短褲配拖鞋走過來，
看起來非常自由。
我好像從來沒看過你像那樣一身輕鬆裝扮，
慢條斯理走來的模樣。」
夏威夷是平凡人河正宇能好好享受日常的最奢侈，
也最恬靜的洞穴。

adidas
AFA

休息，不是靜靜躺著

曾經想逃離夏威夷的
某個日子

二〇一三年十一月，一結束拍攝《群盜：民亂的時代》，我就再度前往夏威夷。行李箱裝著《許三觀》的劇本，一心想要趕快改好最終的劇本。「在夏威夷邊稍作休息，邊整理好劇本」充滿野心的我這麼下定決心。

然而，一抵達夏威夷，我便臥病整整一周。除了冷汗直流，整個人完全動不了，身體甚至開始發出垃圾味。狠狠地病了一場後，等到好不容易能起身時，心想：

「我必須回家。」

在陌生異鄉獨自拖著病體，實在是件折磨人的事。雖然身體狀況已經稍微恢復到能慢慢走路的程度，但趕快回韓國似乎才是較正確的選擇。即便如此，畢竟人都到了夏威夷，我還是想在離開前去公園的長椅坐坐。我挑了個中意的地方坐下，忽然浮現一些想法：

「一開始來夏威夷時，是為了好好休息，好好整理心情，為什麼卻沒有感覺任何事好轉？回家的話，是不是就能完全擺脫這股沉重的心情？」

最後，我認為回家也不會有什麼轉變。當時正值韓國的十一月，蕭瑟的深秋。軀體與心靈皆處於虛弱狀態的我，心想：「回家能幹嘛？還不是蓋上棉被睡覺。如果是這樣，倒不如在夏威夷多撐一天。」

於是，我多撐了一天。情況似乎有些好轉。

隔天，我又想：「不如再多待一天？畢竟就是因為多待了一天，情況才好轉的。」當下，腦海出現一個念頭：

「啊，原來休息也需要努力。無論再病、再累，也必須讓自己起身稍微活動才行。」

不只是我，而是現代人真的太拚命工作了。不過，休假時選擇動也不動，難道是因為平常過度工作到瀕臨崩潰了嗎？有時我也試過在極度投入工作後，休假期間不做任何計畫、不做任何努力，僅僅是把自己丟著不管般度日。一心認為放任辛勞、疲憊的自己，就是一種休息。然而，這種「棄置」，終究不是休息，大多數只是將累積的疲勞暫時卸在房內，時間過了又得再揹起它們出發。

什麼也不做與休息不同。休息也需要努力，是我後來才學懂的道理。至少，也該投入與工作同等分量的心力，好好照顧自己的身心才對吧？

啊……原來休息也需要努力。
無論再病、再累，
也必須讓自己起身活動才行。

從那時起，我收起曾主宰心緒的「待在這裡一點用也沒有，只想回家。」開始慢慢在夏威夷走路。走路回來後，喝幾罐啤酒，然後自然入睡。正如我喜歡這份工作的程度，正如我想永遠做這份工作的程度，我決心也要付出同等程度重視、計畫我的「休息」。

不要將工作與休息混為一談，不要錯覺靜靜躺著就是種休息，也不要在工作繁忙時，找些「之後要一口氣好好休息才行」的荒謬藉口。

每當去到夏威夷，它總能教給我休息的全新意義。

堅持「日常走」與「原地跑跳」

相當簡單的日行三萬步教室

無論任何事，只要持續做，便不再是「特別活動」，而是習慣。大家普遍將日行萬步設為走路運動的基準點，而我大概會走三萬步。在沒有拍戲行程的日子，走路就是我那天的行程。

首先，清晨一睜開眼，立刻站上跑步機。使用五十分鐘的跑步機，大約可以記錄為五千至六千步。在我們的「走路會」成員間，稱呼這五十分鐘為「第一堂課」。走完歷時五十分鐘的第一堂課後，必須休息十分鐘，這也是我們訂下的規則。不過，當然可以依據自己的時間與身體狀況調整。緊接著進入第二堂課。如此一來，我的一天就從早上十點前便已完成的一萬步開始。

隨後，出發前往工作室或電影公司。此時必須遵守一條鐵律——只要是雙腳能走到的地方，就得步行。因此除了不能搭車，也儘可能不搭電梯、手扶梯、電動步道等；必須在日常生活中精打細算地蒐集步數才行。這項藉由移動路程所遵守的小原則，是我能日走三萬步的關鍵秘訣。我不太喜歡那些裝有輪子或是能讓身體自行移動的交通工具；可以的話，我喜歡儘量用自己的雙腳一步一步走。毋須特地挪出運動時間，只要像這樣靠雙腳移動，就能充實地填滿一日步數。

走出家門後，我會在兩種路線中選擇一個。

路線一：穿越市中心，從家裡直達工作室；這段路程約需三千步。如果再從工作室走到經紀公司的話，可以再增加一千五百步。雖然沿路有

常有人問我：「在首爾閒晃，難道不會被認出來？」
完全沒有問題。基本上我一路上只會露出眼睛。
況且，被認出來又如何？
如果有人認出，就開開心心打個招呼，然後繼續走。

不少東西能參觀，時而看人，時而看店，確實是條令人無暇感覺無趣的路，但步數略嫌不足。

路線二：無論要去哪裡，得先沿著漢江走一圈，再轉往目的地。這是走路會成員們儘量想避免的路線。原因是這個選擇會比直達路線來得吃力不少。我們將這種不直接朝目的地前進，改以繞遠路的路線稱為「削皮法」。（將於夏威夷路線的篇幅中，詳細說明「削皮法」）

如果選擇路線二，一離開家，我便會沿著漢江沿岸走往工作室。此時，即可依據是在東湖大橋、聖水大橋、永東大橋、清潭大橋等地點停下腳步折返，進而發展成多樣路線；步數自然也有很大的差異。不過，只要是漢江「削皮法」的話，基本上都能比路線一多出五千步左右。

大多數時候我會選擇沿著漢江走至狎鷗亭Galleria百貨公司方向，前往工作室後，再走去經紀公司的上班路線。如此一來，約需六千五百步。就時間上來說，只和路線一相差二十分鐘左右。因此，如果不是行程太緊湊、忙碌的日子，我會選擇途經Galleria百貨公司的路線二。萬一當天萌生想多走點路的衝動時，我會繼續走到永東大橋再轉往經紀公司，如此一來就能達成八千步左右。這就是我平常的上班路。

為了日行三萬步，我們走路會成員皆很注重一個觀念，即「日常走」——在日常生活中實踐走路的重要性。平常我們鮮少靜靜坐著聊天，即使聽來有些奇怪，但我們真的常常站著聊天。

悠哉地從一處走到另一處，步數自然能在這段來來回回的路程中持續增加。看在別人眼中或許有些胡鬧，但是藉由活動身體擴寬所處的空間，確實能令我們加倍專注於彼此說的話。

此外，儘管很難強迫所有人都這麼做，但走路會成員們不坐著看電視，還經常討論這個話題：

「到底誰會坐著看電視？」

一邊「原地跑跳」，一邊看電視，是我們成員間用來簡稱「原地跑步跳高」的說法。

我們還有一個口號：

「只有緊急出口才是活路。」

這不僅適用於緊急逃難，也同樣適用於日常。禁止電梯、禁止手扶梯，必須無條件走樓梯。透過諸如此類的方式，在需要精明計算「日常走」的日子，光憑「日常走」就能多達五千步。

結束一天行程後，再走路回家。由於此時比較疲憊，幾乎不會選擇「削皮法」。經過如此充實的一天，通常能達到兩萬五千步。

堅守「日常走」的重要秘訣之一：確實掌握一天花最多時間待著的地方，附近是否有公園或適合走路的地方。當感覺一天步數不太夠時，我會在既定行程之間，隨時去趟島山公園。島山公園的一圈約為六百步，可以

開始享受走路後，我平常幾乎不再穿皮鞋。
於日常生活中遵守「再多走一步就好」、「盡量用雙腳取代輪子」的原則。

繞個幾圈補齊不足的步數。

當成員問發現適合走路的新地方時，其他人最先提出的問題是：「這裡幾步？」只想立刻一起走一遍，記下究竟是幾步。當我自覺運動量不足的日子，我會繞島山公園十圈，藉此再增加六千步。

我也喜歡回家後和小狗們一起散步。由於拍攝電影《失控隧道》期間，和天吉一起演戲後，莫名地有了感情，後來也領養了兩隻狗。雖然劇中的狗角色天吉，是由熊天吉和栗天吉兩隻巴哥犬飾演，但因為無法帶回飾演天吉的兩隻巴哥犬，於是我決定領養比熊犬毛球和法國鬥牛犬旺旺。儘管很享受和兩個小傢伙一起散步，過程卻遭遇一些難題，導致我們無法勉強走太久。原因在於就算我想多走些，兩隻小狗只要走三、四十分鐘就會開始因為覺得累而不想再走。多數養狗的人都會因體力不足而被熱愛散步的小狗們拖著走，我的情況卻相反。基於無法硬拖著已經呈大字型趴在路中央的小狗們繼續走，起初我大都會抱著牠們回家。後來開始分不清究竟是在帶狗散步，還是在護送狗後，現在我只會帶小狗們在家裡附近遛遛，便趕緊回家。

開始享受走路後，我幾乎不再穿皮鞋。因為隨時需要走路，所以我經常穿著運動鞋。一旦在擬定日行三萬步的計畫後，試圖一口氣走完的話，無疑會選擇立刻放棄。然而，若能在日常生活中遵守「再多走一步就好」、「儘量用雙腳取代輪子」的原則，即可見到步數一一累積。

我曾莫名其妙地幻想著：「如果每累積一萬步就有人給我韓幣一萬元[4]，每走一步都能存下來換錢的話，會是什麼情況？」走路，是只要邁開腳步移動就能做到的易事，假設單憑這點就能賺錢的話，人們大概就會拚死拚活地走路。試想日後因上了年紀、生病，得支付大筆醫藥費時，我認為現在你我所走的萬步，實際有的是萬兩金的價值。

我們今天每走一步的辛苦與麻煩，終將化成無法以金錢計算的價值——可以慰藉我的今天，可以在我的明天體力不支之前，提早一步上油保養。

對我而言，走路是愛惜與照顧自己的最佳投資。

4 譯註：新台幣與韓幣匯率約為1:36。

十萬步日記

跨過瀕死點
繼續走下去

每次去夏威夷，我都會下定決心每天要走四萬步以上（以我的步幅來說，距離大約是三十公里）。清晨起床就開始走的話，可以順利見到日出。當朦朧的天空瞬時轉亮，視野隨之漸趨開闊之際，太陽便燦爛地輝映出我今天要走的路。

太陽下山時，我也會外出走路。望著彩霞如水彩般暈染著白雲而前行，抱著希望此情此景永不結束的浪漫念想，很快就抵達住處。很可惜，不過無妨，走完路後解決幸福癱軟感與飢餓的晚餐，正在等著我。

一回到住處，我從裝滿冰塊的桶子裡，拿出一罐埋於其中的啤酒。當舌尖觸及的剎那，大腦就像冰塊一樣，喀地應聲碎裂——冰啤酒的滋味。對走了整天路，流了整天汗的人來說，夏威夷的啤酒是恩賜的禮物，酥酥麻麻的。

一天的開始與結束，怎麼可以如此幸福？走路，藉由這麼樸實、老土的人類本能行為，我感受到了幸福。在夏威夷時，我甚至會忘記自己的演員身分，像被送回大自然的動物，毫無保留地走路、吃飯、呼吸。有時，我甚至會想「這樣的生活，不正是人類真正該有的生活嗎？」固然不可能一整年都這麼過，但是只要能在繁忙行程的夾縫挪出幾天假的話，我就想去夏威夷，想去盡情地走路。

置身行走者的天堂——夏威夷，若走得比在韓國少，絕對是件憾事。

因此，走路會成員們一到夏威夷，除了好好吃飯、睡覺，其他時間就只有專心走路。根據住處的周圍環境和身體狀態，徹底調整與控制好適當的走路模式。基於大家都體驗過走路帶來的快樂與能量，因地制宜的走路模式絕對可能。我們為了變得更幸福而來到夏威夷，然後一起走路。

每次到夏威夷，就想改寫自己的走路紀錄。對於在韓國日行至少兩萬步的成員們來說，想在夏威夷多走兩倍，一天達到四萬步並不是太難的事。四萬步，不過是令人能在夜晚酣睡的適量癱軟感罷了，不算太吃力。某天，走路會成員們決定超越自我，挑戰更高的目標。

日行十萬步，可能嗎？這有什麼好煩惱？先做再說！

在期限來臨前，成員們專注鍛鍊體力。十萬步，意味著一天內行走約八十四公里。距離相當於全程馬拉松的兩倍，以正常步幅計算，必須花費二十小時左右，因此絕不是可以輕忽之事。儘管我們是能在夏威夷日行四

一天的開始與結束，怎麼可以如此幸福？
走路，藉由這麼樸實、老土的人類本能行為，
我感受到了幸福。

萬步的走路老手，也很難突然就變成要走十萬步。如果是五萬步，大家或許不需要特別的事前準備就能完成，但十萬步的難度層次可不同。

為了「十萬步之日」，我們開始慢慢增加日行步數，以防突然嚇到身體。經過幾天，已從四萬步提升至五萬步；接下來，便是從五萬步提升至七萬步，繼續讓身體能夠適應。

二〇一六年十月十五日，我們終於等到夏威夷的十萬步之日。以韓國時間為準，我們在Fitbit計步器步數歸零的凌晨五點出發。在這種「正式」走路的日子，我們像育成選手一樣穿上機能性運動服——透氣的短袖上衣、短褲，輕量運動鞋。由於關節需要重覆彎曲、伸直，為了不接觸膝蓋，得選擇長度恰好落在膝蓋上方的短褲。走上一段時間後，哪怕輕如羽毛的衣料，微微拂過關節，都會令人厭煩與難受。

正如參加聖地牙哥朝聖之路的人們，起初不僅會嫌裝滿後和人一樣高的背包不夠用，甚至還得在背包掛上杯子、衣服後，才拖著長長的背包上路。走著、走著，他們開始一件件放下，最後索性拋下行李往前行。無論平時多敦厚的人，當面臨觸及體力極限的情況，也會變得極度敏感。輕劃過長著小粉刺的皮膚的布料粗糙質感、來不及事先剪掉的指甲倒刺等，再小的不適，當下都會讓你如臨地獄。

出發前，我甚至連襪子的彈性都會仔細確認。太緊，會勒得雙腳透不過氣；相反也不行，必須穿著不會鬆到滑落腳踝的襪子才行。為了儘量將身體負重降至最小，準備一個簡便的腰包，放入不可缺少的防曬乳和爽身粉。因為走路時會不斷流汗，容易使肌膚皺褶處潰爛、起汗疹，除了早上出發前必須塗抹，之後每次休息時也都得勤奮地補擦上才行。

十萬步大長征那天，我們走了一整天。凌晨五點出發，走到早上九點後，吃些早餐稍作休息；十二點吃完午餐後，繼續走。就這樣，一直走到子夜十二點。我們一路上認真遵守「一堂課」五十分鐘，便休息十分鐘的規則。

當天天氣正好是恰到好處的陰天。走路時，相較於烈日曝曬且溫差劇烈的大晴天，雲團籠罩的陰天更好。再加上途中下了點毛毛雨，為炎熱降溫，正是個適合走路的最佳天氣。萬一天氣不幫忙的話，說不定十萬步之行就會有人脫隊了。想完成十萬步，也稍微需要「老天爺賞臉」。

對許多人來說，平常想走一萬步已是難事，為了在一天內達成十倍的目標，最需要的其實是彼此的「倔強」。後來回想，大家始終驚訝於自己究竟是如何完成的。

一開始的五萬步還可以。直到此時，大家的狀態都還很好，成員間瀰漫著「好像可以順利完成」的樂觀氛圍。所有人神情開朗，自在交談。然而，就在越過五萬步的那一刻起，氣氛產生驚人劇變。即使每個人的關卡找上門的時間點存在些許差異，一過五萬步，危機卻精準地現身了。

對許多人來說，平常想走一萬步已是難事，
為了在一天內達成十倍的目標，
最需要的其實是彼此的「倔強」。
後來回想，大家都對自己究竟是如何完成的很驚訝。

全臉發燙、口乾舌燥，就連原本自在的交談也急遽減少。雖然內心想著無論如何都要撐著走下去，雙腳卻重得像石塊，腳底也燙到每踩一次地都痛得受不了。最重要的是，急促的呼吸與體內竄湧的熱氣，開始令人感覺自己再也走不下去了。

瀕死點。如同字面所示，瀕臨死亡的瞬間。汗水浸透衣服，頭髮一塌糊塗。撇開身體狀況不談，最重要的是，很難按捺住「不想再走」的心。「看來我是真的不行了」的放棄宣言已到嘴邊，卻連將這句由痛苦醞釀而成的話說出口的力氣都沒有。只是走著，進入無我境界地走著。

儘管如此，埋首撐到七萬步時，剛才消失的樂觀又會重現片刻。不知為何，一切彷彿都變得有其價值，很快就能抵達終點的希望像微風輕拂雙頰。不過，千萬別高興得太早。再走五千步，這個念頭馬上又會被推翻。「剛才是不是真的該停下來？」的懊悔，在心底蠢蠢欲動。雙腳的移動再也跟意志無關，它們像是一對故障的零件。不只每一步都太難受，甚至開始萌生「厭煩」的想法。比痛苦更容易將人擊潰的東西，或許正是厭煩。痛苦中存在著只要撐過去一切終會變得有意義的期待，厭煩卻令人感覺自己所做的所有行為都不值一提。這一切都是沒意義的，這種念頭不斷在腦海中竄湧。

「不是嘛，我到底為什麼要來夏威夷做這種事？」「我到底為了什麼而走？」「走完十萬步又怎樣？」開始出現本質性的懷疑。如果說要繼續走，當然就能繼續走下去，只是我不知道究竟有什麼意義。一想到沒有意義，忽然就失去走路的目的了。

我不清楚當時繼續走著的大家，是否都深陷在諸如此類的痛苦與質疑裡，但是現在回想起來，感覺滿有趣的。到了夏威夷後，不是大家一起訂好要挑戰日行十萬步的目標嗎？可是為什麼走到一半，突然開始在尋找所謂「意義」的過程中，產生放棄的想法呢？或許，佇立於痛苦正中心的當時，我們徬徨尋覓的並非「這段路的意義」，而是「可以放棄的理由」吧？

「一切從開頭就是個錯誤」、「這段路本來就不屬於我」自顧自地否定設定的目標，將其合理化為「因為事情本身值得放棄我才放棄的」。

或許，不只是走路。人生在世，當面臨格外難受的日子時，我們總會突然開始拚命想找些了不起的意義，一旦找不到，又會辯稱那是「沒有意義」、「打從一開始就是個錯誤」。迷失在如此遙遠的路途，作為引路燈塔的初衷與決心，逐漸不再能作為前進的憑藉，便驟然停下了腳步。

長距離的走路很容易疲憊，判斷力也很容易渙散，所以有些時刻比走路時更需要繃緊神經——休息時間。比平常走更多路時，只要一顆極小的砂礫就可能毀掉整個腳掌。如此一來，好不容易咬牙忍過的過去那段時間，便會瞬間化為泡沫。因此，休息時間不是用來上氣不接下氣地嚷嚷好累，而是該謹慎仔細檢查運動鞋與雙腳狀態，為接下來的五十分鐘做好準

沒有休息，誰也繼續不了。

跨過近乎死去的煎熬瀕死點後，只要繼續走下去，
終將再次重生。
我們還能再走下去的。

備。假如只顧大喊好累，然後癱軟在地不斷灌水，之後百分百會出問題。

沒有休息，誰也繼續不了。

十萬步的目標越來越近了。光是能看見目的地就在不遠處，已足以為大家找回些許從容。

好像完全無法出門走路的日子，或是走到一半因體力不支想立刻調頭回家的日子，始終是靠著回憶走完路後，歸途時感受的成就感撐過這些瞬間。因此，一步一步，都彷如是為了未來的儲蓄。即使當下看來毫無意義，甚至還有些煎熬，日後也終將送來極大的感動與意義。

最後，我們跨越無數苦惱與體力極限，走完了十萬步。沙沙——沙沙——一行人拖著放慢的腳步，拉近彼此的距離，全體擠在手機鏡頭前。「笑一個啊！」大家又吵又鬧。拍下一張照，就像再平常不過的某一天。

有時，我會翻出那天的照片和影片重溫。疲憊卻滿足的表情、喧鬧的歡呼聲，總能讓我笑著回憶。當然，如果有人問我「想不想再次挑戰十萬步？」，我絕不會輕率地回答「想！」經歷了一直走到最後都沒有放棄的那天，讓我變得更有自信。無論往後的人生要面對什麼樣的日子，只要擁有能繼續走下去的健康雙腳，我都樂意謙卑地接受。儘管只是邁開雙腳、搖擺雙臂地走著，卻足以帶我跨過人生的任何轉折。

跨過近乎死亡的煎熬瀕死點後，只要繼續走下去，終將再次重生。

瀕死，卻未死。

我們就還能再走下去。

或許，有一天我也會在人生路上遇見瀕死點。那時，我會帶著在夏威夷日行十萬步的回憶，懷著無論再苦也終將平靜的信念，堅持走下去。

經過流淚坡後，出現吃飯、休息的地方

沿著漢江走就是
我家的大院子

一直以來，我都認為漢江是「我家院子」。春天時，我走過漢江邊，偷偷在看起來荒涼的地方種了些樹。雖然不久後再經過，發現有些樹被拔起，但一到春天，我就會像在裝飾自家庭院般到漢江邊種下一些樹。儘管始於善意，自從聽說不能隨處任意種樹後，現在就算遇見中意的種樹處，我也不會未經允許便隨意栽種了。

拍攝電影《群盜：民亂的時代》時，拍攝景點位於潭陽的竹林私有

很久以前，我便曾沿著漢江邊走。
一直以來，都認為漢江是「我家院子」。
下圖是半夜步行時經過我常光顧的咖啡廳一漢江便利商店。

地。相當感激竹林主人得知我很喜歡樹後，竟爽快表示要贈予一百棵竹子。只是，該種在哪裡才好呢？我心目中的前院。於是，我聯絡了負責管理漢江沿岸的主管機關。

「您好，我是演員河正宇。想請問能不能在漢江沿岸種一百棵竹子？」

我同時表明願意負責運送費、植栽費等全數費用。如果漢江沿岸能有片竹林，不是很棒嗎？不過，主管機關答覆表示，基於維護漢江原有生態的原則，實在不能只顧美觀，而隨意移植其他區域的植物至此。很可惜。直到現在，我還是會想像漢江沿岸種滿了各種我自己喜歡的植物。

很久以前，我就會沿著漢江邊走路，一路走到幸州大橋或八堂大橋[5]為止。相較於我剛開始走的時期，現在漢江沿岸的樹木已經變多了，漸漸成為更適合走路的路線。

沿著漢江走時，我會以漢南大橋作為區分主要路線的基準點。往西走是幸州大橋，往東走是八堂大橋，隨意在任何大橋轉向，即可變換出多樣化路線。為了好好消磨時間和體力，成員們會在選定日子後，一起動身健行。當然了，有時走到盡頭，有時則會中途折返。

在東行和西行路線之間，我偏好前者。想悠哉散步的日子，我便以漢南大橋為基準，走到蠶室大橋後折返（約需兩個半至三個小時）；如果想多走些路，便一直走到廣津大橋為止。選擇後者的話，會經過峨嵯山生態公園。望著隨風搖曳的片片綠葉，走在樹與樹之間，總是讓我暫時忘卻自己正身處大城市。

繼續走下去，則有一條能吃上一頓晚午餐的路線。從奧林匹克大道經過連結中部高速公路的剛日交流道，再繼續往前走，就能見到走路會成員們經常光顧的「欅樹屋」；那是間令人恍如置身鄉村般，溫馨、重人情味

5 譯註：位於漢江兩端的大橋。

的餐廳。以這條路線來說，早上八點多出發的話，大概能在下午一點半抵達。不過，為了享用美味的鄉間食物，在經過剛日交流道前，得先翻越所謂的「流淚坡」。由於這段路緊依高德山，坡面相當陡，就連有健行習慣的成員們也無一不是灑著淚水往上爬。上坡的路程很艱辛，下坡的景致卻是無比迷人。只見江水悠悠，遼闊而濃綠的樹蔭盡收眼底。在餐廳享用完大份量的湯麵或辣魚湯後，邊打著瞌睡，邊稍作休息個兩小時，不知不覺便已屆黃昏。

如果從這裡繼續走下去呢？當然可以走！是啊，大可傻乎乎地走到八堂水壩為止。還有，選擇這條路線時，是不可能原路折返的。因此，抵達此處的我們會小酌幾杯，再各自搭車回家。

儘管個人偏好東行路線，途經首爾各大重要地點的西行路線卻能到處參觀。首先，我會走到六三大廈後折返；這大約兩萬步的路程，若是跑

沿著漢江回家的某個傍晚

步，可以在一小時內完成。只是，呈一直線的奧林匹克大道走起來其實很無趣。

假如實在沒辦法只走無聊透頂的平地，想追加點爬上爬下的坡路，也有番外篇的南行路線和北行路線。我走到南山的路線大致是這樣：經過盤浦大橋或漢南大橋，沿著順天鄉大學附屬醫院的方向而上，過了君悅飯店，登上南山山頂後折返（或是爬清溪山也可以）。

從蠶室綜合運動場前右轉至良才溪，繼續往前走的話，則得坐一段地鐵才能通過市中心。帶著在地鐵上儲備好的體力轉化成的能量，直攻清溪山的玉女峰，即一併完成北行路線。

總之，以上就是我與走路會成員們的路線。或許因為各自的住處不同，主要去的地方也不同，因此大家會根據自己的個性與喜好，走出專屬自己的路線與步伐。各位也應該能走出自己的東南西北。不妨在自己住家附近，創造貼有自己姓名的健行路線吧！就像什麼人說過的話一樣：「我所到之處，即是道路。」

不管走到哪裡，
不過都是成員們的路線罷了。
大家都能走出自己的東西南北。
各位不妨在住家附近，創造專屬自己的健行路線吧！
「我所到之處，即是道路。」

夏威夷走路行程

第二個家

對我而言，夏威夷就像第二個家。是能讓我感覺自在，讓我好好照顧自己身體與心靈的地方。因此，前往夏威夷與其說是旅行，對我來說更像是回家。而我時常想回家。回去做什麼？走路。或許我是為了要好好走路，才時不時啟程前往夏威夷的。

在夏威夷，走路會成員們和我大多會選擇住在檀香山的威基基。就算是沒有到訪過夏威夷的人，一定也曾耳聞的威基基海灘都是沿著住處附近向外延展。我住的地方，前面有一望無際的大海，後方有江河奔流。相較於人群熙攘的海邊，我更喜歡沿著江邊走。

從我的住處走四千步左右，即可抵達夏威夷最古老的公園——卡皮歐拉尼公園（Kapiolani Park）。卡皮歐拉尼公園的腹地始於威基基海灘的最東側，止於整整十萬年前火山爆發時形成的火山口，也就是鑽石頭山所座落的西側，公園腹地規模相當龐大。穿梭在綠蔭下的榕樹大道及遼闊的綠茵間，原本因著大小事鬱結成團的心，會就此溫柔地舒展。

繞行卡皮歐拉尼公園一圈大概三千三百步。從住處往返公園大約八千步，每走完一圈公園就能再加三千步。因此只要去一趟卡皮歐拉尼公園，很快就能達到萬步。

相對來說，從住處沿著河畔走到卡皮歐拉尼公園的路線，比其他路線來得長，格外適合在日落時分自在地走。在室內凝視窗外的晚霞斜映，太過美麗的天空色彩，總是讓我不斷想拿起手機拍照。為什麼晚霞可以不只是橘色，還融入了粉紅色呢？走在夕陽尚未落盡的時刻，晚霞會從我的頭頂靜靜飄逝。我喜歡將這般超現實色彩的天空，如帽子般戴上，因此也經常在傍晚選擇這條河畔路線。

往西邊走，也有個不錯的公園。阿拉莫納公園（Ala Moans Park），這是個繞行一圈約有一千步的小公園。由於鄰近威基基海灘，不少人也會專程到訪。比起卡皮歐拉尼公園，這裡走起來較輕鬆，所以主要被安排在外出一下子得馬上回來吃午餐的上午，或是行程間的空檔去毫無壓力地走一趟。有時和走路會成員中最沉迷其間的金俊圭（音譯）一起待在室內時，他會突然拋下一句「那個……我出去一下。」然後便咻地消失。回來追問他到底去了哪裡，結果是去阿拉莫納公園走了十圈。

不過，真的想好好走路時，我仍會選擇卡皮歐拉尼公園。如同先前介紹過的，如果於基本路線外，再加上對成員們來說最困難的兩條路：「削皮法」與「嚴耗體」路段，百分百保證當天晚上所有人都能睡得香甜。

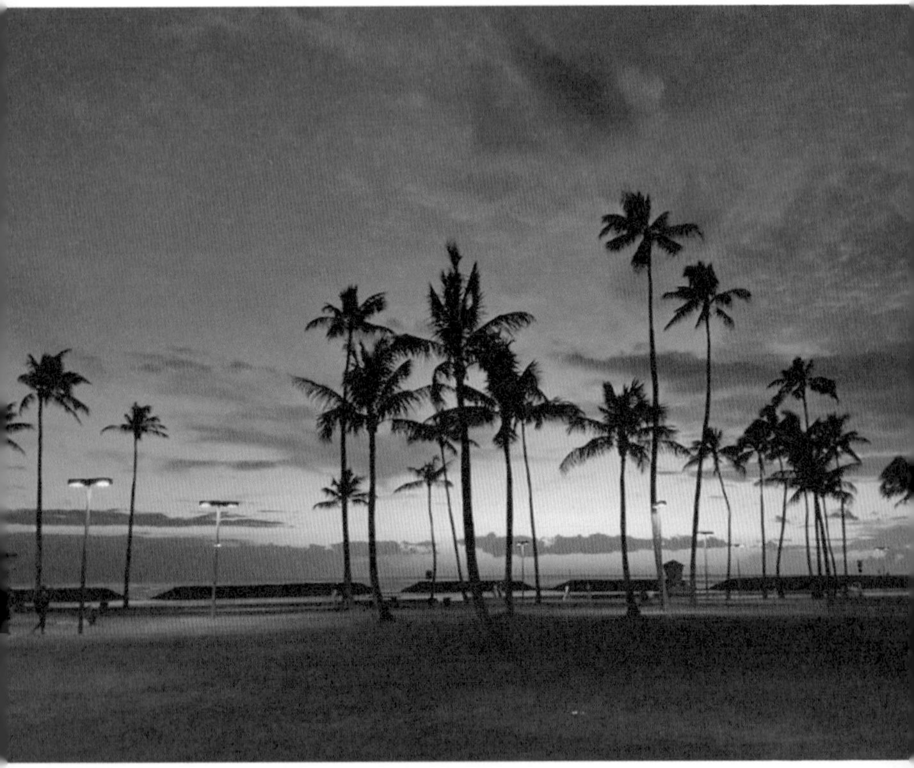

在夏威夷，
走在夕陽尚未落盡的時刻，
晚霞就從我的頭頂靜靜飄逝。

居然存在這般超現實色彩的天空！
我將頭頂的晚霞如帽子般戴上，
繼續走著、走著……

走過卡皮歐拉尼公園後，繼續往西行便能見到鑽石頭山。鑽石頭山火山口頂端的礦石會在陽光照射後，散發如鑽石般的耀眼光芒，因而得此美名，這裡同時也是夏威夷的象徵。有時，我們會在直行至卡皮歐拉尼公園前，沿著鑽石頭山繞行，再走向公園，即所謂的「削皮法」。如此一來，因為距離會遠比直達目的地來得長，大家自然也會覺得負擔加重。經過削皮後，繼續前往卡皮歐拉尼公園繞行三圈。假如是體能狀態還不錯的日子，會於回程時，再至川普飯店旁的小公園繞行數圈。

這時，就會經過被成員們稱為「嚴耗體」路段。所謂的「嚴耗體」路段，是「嚴重消耗體力」的縮寫，用以指稱威基基海灘。為什麼會嚴重消耗體力呢？原因在於，來海灘玩的人數極多，必須鼓起勇氣突破人潮才行。由於到處都有人聚集，根本不知道什麼時候會以什麼方式相撞，過程得仔細張望，再加以突破。如此便很難像平常走路一樣，時時維持固定速度。既得儘快移動，又得四處察看、張望，最後總是搞得大家不知所措。因此，一旦決定要通過嚴耗體路段時，必須在那之前先做好充分的休息與心理準備。

這條路雖然說起來令人倍感壓力，但個中樂趣之大其實不亞於體力消耗的嚴重程度。因為過程中既能同時享受在海邊玩的人們快樂的神情與氛圍，又能盡情看人看個過癮，所以我們偶爾也會故意闖進人潮，在一張張陌生的臉孔間呼嘯而過。

總之，按照個人喜好選擇基本路線，搭配夏威夷的多樣化景點，組成各式走路路線。如果想登山，還可以前往馬基基山；這座山是海拔超過兩百四十公尺的矮山，因此時常能見到穿著輕便的當地人前往。登上山頂即能一眼盡覽檀香山全景，這裡看夜景尤其美麗。

行文至此，或許有人還是會好奇我特地到夏威夷，真只是為了走路？

卡皮歐拉尼公園，
我的夏威夷走路秘密基地。

在夏威夷，
我猶如久旱逢雨的植物，
盎然復活。

究竟為什麼這麼喜歡在夏威夷走路？和在韓國走路有什麼差異？我在夏威夷，真的就是這樣不停地走路。當然走路之外的時間也會和成員們一起享用親手準備的餐點，並在私人時間各自做自己的事。獨自待在夏威夷時，我大多會專注作畫。帶著從韓國買好的畫布與畫具，萬一用完了，我就走路到附近的畫具店購買。

在夏威夷的我之所以能更用心地走路，天氣也幫了不少忙。夏威夷終年氣候都像韓國的初夏，多數時間陽光都十分和煦，偶爾有些日子則會在一天內變換數種氣象。

我喜歡夏威夷稍微飄雨的日子。喜歡那彷如噴霧般，雨絲極細的小雨，靜靜落著。烏雲陰沉，轉瞬又放晴的天空，掛著一輪彩虹；到了夜晚，會出現格外清澈的天空。這就是夏威夷。有時是好好的大晴天瞬間烏雲密布，有時是颱線猛地過境，轉眼又在天邊看見彩虹。變幻無常的天氣，正是夏威夷的特產。

我邊用身體感受夏威夷的氣候與溫度，邊徒步走著。唯有走出戶外，以肌膚感受季節與天氣的變化，我才能完整感覺自己正活著，感覺自己在夏威夷，猶如久旱逢雨的植物，盎然復活。

走在魔幻時刻

嚴冬走路的樂趣

走路這件事，我一天也不曾停過。設定好Fitbit的一日目標步行數後，就決心非得達標不可。比起其他裝置，Fitbit除了較少出錯，整體設計也不太突兀，值得推薦給開始嘗試走路的人（我與Fitbit公司毫無關係，不是代言人，起初也不是因為接受贊助才開始使用；以上說法純粹是一個走路人的使用心得）。我另外也使用含MP3、測量心跳、分析睡眠歷程記錄等多功能的裝置，不過對入門者來說，Fitbit Alta應該已經夠用。不僅能準確測量步數，一旦長時間沒有活動，還會以振動來鼓勵使用者稍微起身走一走，甚至會在達成設定的步數時，於裝置畫面施放煙火，小小慶賀一番。一想到手腕上有這個小裝置在為自己打氣，自然也讓我願意儘量再多走一點。

走路前原本複雜、沉重的心緒，回程時總會變得簡單、輕盈。面對重要大事近在眼前，心中產生的不安、焦躁，往往也能在走完路回家時徹底消失。我知道，走路是有助於我人生與工作的事。因此，只要沒有什麼天災阻攔，我都會繼續走下去。

如果不是像我這種身體已經將走路視為習慣的人，或許會隨著天氣或季節改變，把外出走路當作負擔。尤其是遇到嚴冬風雪，根本不會出現想外出的念頭。儘管如此，我還是建議大家先試著出去走走。當然如果碰上暴雨或暴雪，還是得格外小心。不過，我有些話想告訴部分因天氣或季節變化而打消走路念頭的人，我想告訴那些認為在某些特定季節是不可能外出走路的人：聽來似乎無比痛苦的「嚴冬走路」，其實有著隱藏的魅力。

冬天的日照時間很短，天光大約在下午五點開始轉暗。即使起床時間與其他季節差不多，卻經常因太陽下山得早，而在日落時分變得憂鬱。因為會產生一種「自己好像沒做什麼事，一天就結束了」的感覺。到了晚上，醒著也多做不了什麼，卻怎麼也睡不著。由於睡得不好，隔天早上自然就會感覺身體很重。如此一來，白天的時間只好再度拖著不佳的狀態活動；一旦日落，又因為一天沒能充實度過而陷入憂鬱。這無疑是惡性循環。或許正是如此，冬天才令人感覺比其他季節來得格外難熬。

儘管碰上了感覺耳朵就快掉下來的嚴寒，我依然會以口罩、帽子，搭配長版羽絨外套和滑雪手套的裝扮外出。起初，身體總是因地面竄起的冰氣與冷風而不自覺地僵硬，隨之心也變得脆弱，難免浮現「今天還是適度走走，然後趕快回家好了」的想法。然而，秉持著「只要願意踏出一步，便能自然地繼續走下去」的原則，我很快便發現正在不斷努力往前走的自己。

走路的魅力之一，在於能以肌膚實際感受天氣與季節的變化。我們大部分人都在室內度過了多數時間，偶爾忙得暈頭轉向的日子，甚至連今天天氣是陰是晴也記不得。不過，人是生命體，以身體接觸溫度與濕度、陽光與風，是相當重要的事。藉此切實感覺自己活著，進而更加珍惜自己的身體。懂得春天與秋天的陽光不同，嗅聞樹木在夏天與冬天各自發出的獨特氣味，是雙腳真正踏著地球生活的樂趣。

冬天雖冷得殘暴，我卻連肌膚感受到寒意的剎那，都無比珍惜。

走了一陣子後，回家脫掉長版羽絨外套時，才發現汗衫早已被汗水浸透。正值寒冬竟也能流這麼多汗，著實令人驚訝。脫下溼透的衣服，丟進洗衣機後，開始準備泡澡或泡腳。此時，有樣絕對不能錯過的東西：一杯熱騰騰的巧克力。它不僅能讓剛流完一場大汗的身體感到極度舒暢，也更顯濃醇巧克力的香甜。熱得恰當的飲料，會讓身體感覺倦意，進而帶來

走路的魅力之一，
能以肌膚實際感受天氣與季節的變化。

適量陽光下，
顯得格外美麗、溫柔的魔幻時刻。

心靈的安定。無論思考些什麼，心緒都是那般平靜、自由，似乎還浮現了些獨特的點子。單憑走路，每天便能體驗如此完美的安穩感，怎麼能夠不繼續走呢？

我喜歡在嚴冬的下午五點左右走路。我將這個時段稱為「走路的魔幻時刻」。魔幻時刻（Magic hour），原本是攝影時常使用的詞彙，專指陽光分量適中的黎明或日暮之際，那是適合拍攝出極美麗與溫柔影像的時段。如果你曾在這個時段仰望天際，大概就能理解為什麼會被稱作「魔幻時刻」。其實，魔幻的不只是外在景象？走了一段時間後，回家還能再見一次魔法般的時刻——隨著因寒冷而瑟縮，而混亂纏繞的內在漸漸舒緩，我也發現了在不知不覺間變得充滿生命力且幸福的自己。

寒意與憂鬱，猶如退潮散去；夜晚的靜謐與身體的暖意，卻又如漲潮接近的嚴冬午後五點的步行。

我們繼續走著，而微不足道的寒冷根本不成問題。

第二章　2부 먹다 걷다 웃다

吃、走、笑

復盤的時間

為什麼？為什麼？為什麼！

與無數「為什麼」對話

對演員來說，電影票房失利是刻骨銘心的痛。我總是碰到人跟我說「好羨慕你每次工作都很順利」，但我的作品集裡，確實有著不少票房不如預期的作品。與尹鍾彬導演合作的電影《群盜：民亂的時代》就是，雖然觀影人次突破四百七十萬，但因為當初設定的目標更高，後來我一直自責著，問自己為什麼不能再做得更好。

無論是觀影人次破千萬的電影，或是奇蹟般成功的電影，某種程度上都有點「運氣」成分，可是我認為所謂的「運氣」始終奠基於足以吸引觀眾的關鍵一擊，如此才能讓運氣真正發揮力量。相反地，當自信百分百能成功的電影卻無法被觀眾選擇時，我會不斷地反思「就算自己已經盡力了，是不是就真的沒有能再加強的地方？」儘管思考這一切很痛苦，卻也是不得不然的必經過程。

很喜歡我大學時剃光頭演話劇《奧賽羅》一角的尹鍾彬導演有天說：「哥，我想用你以前演《奧賽羅》的模樣拍部電影。」就因這一句話，我們開始了電影《群盜：民亂的時代》。由我飾演的「道治」，是因燒傷而變成光頭的角色。從某個演員過去飾演的角色得到靈感，而決定為此拍攝一部電影，是值得感激的事。決心要好好享受飾演「光頭」的我，卻在拍攝時發現這一點也不容易。

每次前往拍攝現場，我通常都能先喝杯咖啡，然後再開始梳化。拍攝《群盜：民亂的時代》時，我卻每天得在還沒完全清醒的狀態下，先著手剃光自己的頭髮。首先要用熱毛巾敷頭舒緩頭皮後，再將一夜間長出的頭髮剃乾淨。由於頭髮會不斷增長，因此得每天剃才行。接著，要在頭皮上塗抹蘆薈，讓因剃刀而變得刺熱的頭皮鎮定下來，再開始化上燒傷妝，也就是使用接著劑將傷疤貼上頭皮。就算使用的是對人體無害的產品，接著劑始終是接著劑。每天又是剃刀，又是黏貼，實在很難不傷頭皮。

完成道治這個角色的光頭後，再在嘴邊貼上鬍鬚，穿上古裝。光是這樣，一轉眼便已過了三小時。拍攝前的準備過程本身並不輕鬆，自然會消耗大量體力。甚至連我想走點路、吃點東西補充體力時，也會因拍攝期間的裝扮而時不時吃到自己的鬍子。除了讓人煩躁，也因為怕妝化很難恢復，始終不能好好吃東西。就算什麼也沒吃，還是得補妝就是了……

再加上，拍攝《群盜：民亂的時代》的七個月期間都在首都圈之外的地方，長時間離開「家」這個熟悉、穩定的空間，心理總是不太自在。結束一天的拍攝工作回到住處時，腦海浮現的不是「今天做得很好」，而是只有滿滿的「總算熬過來了」。

然而，直到《群盜：民亂的時代》上映後，實際面對觀眾們的反應時，我才開始對那段時間感到無比懊悔。當頓悟到當時的自己是輸給了肉體上的苦痛，我瘋也似地憤怒，甚至難以控制自己的情緒。原因不在於沒能向觀眾充分傳達如此艱辛才完成的電影，而只是單純地對自己的責備與憤怒。相較於上映後不能吸引觀眾的痛苦，拍攝期間經歷的肉體上的難受，根本不算什麼。儘管現在仍能在一年內見到自己參演的兩、三部作品上映，但觀眾反應不如預期的電影，終究是刻骨銘心的痛。

上映後才看見的缺憾，再也不能讓時間倒流改正它。我所飾演的角色，將永遠以那種狀態活在電影之中。無論拍攝現場的環境多惡劣，或是當時有什麼個人苦衷，面對以我的臉孔永遠活在電影裡的那個角色，還有觀看這部電影的觀眾，所有問題都不足以成為有缺點的藉口。

《群盜：民亂的時代》乍看之下是百姓奮起推翻腐敗世界的故事，以貴族與貪官污吏過度壓榨的朝鮮時代為背景，講述由一幫義賊組成的群盜事蹟。因此，所有人都期待道治能驅逐惡黨，最終大快人心地帶來和平。但是觀眾們在看完結局後，似乎感覺有些迷惘、失落。尤其是《群盜：民亂的時代》上映的二〇一四年夏天，是剛經歷過世越號慘案之後，人們對掌權者存在極深挫敗感與憤怒的時期。或許，大家期待能從電影裡消解些許在現實世界難以釋懷的憤懣。面對如此的社會氛圍，大家對電影的反應自然也會有所改變。這一切都是觀眾的選擇，也是電影理應與當代社會相互呼應的部分，絕對不該找理由感到納悶或委屈。

《群盜：民亂的時代》的觀眾反應不如預期時，我正在拍攝《許三觀》。即便在這麼重要的時期，我也會覺睡到一半，猛地醒來，然後對自己發脾氣。為什麼做出那麼愚蠢的決定？為什麼當時自以為這些能打進觀眾的心？為什麼演得這麼不上不下？為什麼任由劇情流向不尋常的方向，自己卻不早點建議多討論？到底為什麼……

《群盜：民亂的時代》未能達成預期的觀影人數，固然讓我相當受衝擊與受傷，後來每次和尹鍾彬導演見面時，卻又會不斷聊起《群盜：民亂的時代》。將當時的決定、選擇，兩個人如復盤[6]般將當時過程一一重新檢視。儘管《群盜：民亂的時代》留給我們很深的創傷，卻也是重新啟蒙我與尹鍾彬導演對電影看法的一部值得感謝的作品。

在我們兩人的談話裡，對《群盜：民亂的時代》的復盤討論延續了將近一年。

電影上映後，只要一拿到票房數據，我就會習慣將當時在拍攝現場的自己復盤。一次次的復盤，一次次的思考，因此了解我們根本不能輕率地、自以為是地預測觀眾人數。我能做的事，唯有在那上映後便再也回不去的拍攝現場，盡力做好自己的本分。

6 譯註：圍棋術語，指對局後復演對弈紀錄，藉以檢討每次下手的優劣。

灰姑娘的秘密

像個上班族
像個運動員

那些踩著對酒精或藥物重度成癮的混亂步伐、出於一時衝動的脱軌與放蕩行徑、毫無節制揮霍成習、情緒劇烈起伏、憂鬱、敏感的人們，以及在不幸、絕望中誕生的曠世藝術巨作……

人們想像中的藝術家形象，大致可以歸結如上。很難想像藝術家把人生過得像平凡上班族一樣，充實而規律。可能因為我同時有著演員、導演、畫家的身分，有些人心中會預先想像河正宇這個人應該充滿「藝術家自我意識」，結果遇到我總是難掩失望之情（？）

「河正宇先生居然過著正常人一般的生活耶？」

我曾經聽過人當著我的面這麼說。還有一些人認為眼前的我雖是這副模樣，但背後一定藏著另一種面目，便兜著圈提出諸如此類的疑問：

「好的作品，不都是在藝術家擺脫穩定、正常的軌道後，才在脫序、迷惘的時期誕生嗎？」

我很清楚大家提出這些問題意有所指。他們認為，優秀的藝術與安定的生活無法並存。不過，我可以斬釘截鐵地說，在我的認知裡，好的作品來自於能好好生活的人。

我這麼說，不代表自信自己正在好好生活。恰如創作好的作品並不簡單，好好過生活也非易事。而我不過是為了要做出好作品，才努力著想過健康的生活。

回顧歷史，有些藝術家確實很難平衡藝術創作與穩定生活。有些天才藝術家，選擇讓自己陷入不幸的極端、險境，以便順利完成作品。其實，不難推測他們為什麼這麼做。因為這些時刻能使思想與行動變得大膽，而隨著情感有別於往常地變得自由，往往能超越禁忌與偏見，毫無阻礙地表達所思所想，產生所謂藝術。此刻置身其中的人自認能超越自己的界限時，很容易就會錯覺自己也有能力徹底擺脫叛逆、衝動。

當然，確實也有過一兩件滿意的作品在這種過程中誕生。一旦偶然創造出受大眾追捧、崇拜的作品，進而獲得人氣、名氣，便會認為自己從此再也回不去快樂、穩定的那條路了。於是開始加倍執著於「不平凡的狀態」。自此便堅定信仰著「唯有在激情的時刻，才能創作出好作品」；接著，日漸增加強度，直到某個瞬間，終於徹底毀滅自己的生活。

這就是大家認知的藝術家命運。不過，這一切只是錯覺。懂得好好生活，明明也能長期創作出好作品的……一想到那些摧毀自己人生、歷經苦難，而後轉瞬消逝的傑出藝術家們，總覺得心痛。不過是個脆弱的血肉之軀，卻得背負這般痛苦的重量，該有多煎熬啊？任誰也無法長時間持續、承受這樣的生活。

越是缺乏經驗的年輕藝術家，越容易執著於那些一閃而過的瞬間。有些事，終究要長時間累積才能領悟。只是，人在初始時往往無法戰勝恐懼，禁不住被焦躁感操弄時，就會不擇手段心存僥倖地想儘快做出成績就好。

然而，對自己身體與生活有害的東西，往往也不會對作品有益。不當的衝動，絕不會成為藝術家的燃料。藝術家的人生，並非乍燃乍逝。生而為人也好，當個藝術家也好，應該都是透過無止境的創作，一步步過著日漸前進的生活。一個正常生活的人，哪怕只是每天在畫布畫上一個點，經過十年累積，不也同樣能完成一幅作品嗎？這些是簡單的比喻，我想表達的是「堅持」在藝術領域的重要性。即使偶有恐懼，偶有厭倦，我卻始終相信一切都是必須堅持的過程。

我藉由走路維持自己身心強壯的理由正是如此——我想要一直演戲、

製作電影、畫畫。某些日子，我能完成超乎期待的作品；某些日子，我也會遇上對自己失望透頂的結果。重要的是，不為其所動，只是不斷地創作下去。我希望自己能成為不會患得患失，一心只想著不斷創作的人。

仔細檢視身邊的演員們還有我喜歡的編劇們，多數人都是過著像上班族或運動員的生活。儘管沒有被綁在固定的工作場所，他們也不會徹夜飲酒、玩樂，或是突然去旅行、隨意改變生活場所。正因為不在固定的地方上班，隨時都會出現新的工作變動，才更得讓自己的身體時刻待命。比起追逐放鬆、自由生活的不羈藝術家，他們更像總是要面對重大比賽的運動員，或是為了公司前途埋首準備報告的上班族。

雖然我也很享受和喜歡的人們一起喝酒，卻鮮少放肆地徹夜狂飲。其實也稱不上是什麼「為了維持生活節奏的堅持」，對我來說只是單純「想睡了」。不知道是否因為每天一有空就走路的關係，即使遇到很久不見、很聊得來的朋友，一到凌晨十二點左右，我就會非常想睡。不管多想繼續待著，最終還是留下一句「我不行了……」然後回家；我甚至因此有了「灰姑娘」的綽號。身體早已被設定成無法因徹夜喝酒而闖禍，或是在莫名其妙的場所鬧出問題的狀態了。

每天一接近午夜，「灰姑娘」的信號便即刻響起。雙眼因襲捲而來的倦意變得迷濛，留下一絲不捨而非玻璃鞋的我，隨後便走路回家。開心得恰到好處的酒勁與竄湧的疲倦，再再催促著我的腳步。回家後，盥洗，倒下睡覺。隔天清晨，又像「新時代的兒童[7]」一樣睜開雙眼。

或許有人會覺得這是既不叛逆，也不好玩，甚至有些無趣的人生，但我真的很喜歡這種日子。因為目前的我，距離成為每天舉杯直到天明的人，有著一段很長的路。

7 譯註：韓國童謠。

吃吧、走吧、笑吧

當美食秀
開始成為日常

不知道何時開始，大家都說我很會表演吃。一有新作上映，觀眾甚至還會期待這次又要表演什麼樣的「飲食秀」。雖然有些難為情，但在我看過自己被廣為流傳的吃東西表演合集後，也有這種感覺：「這傢伙真的滿會吃的！」

不少演員演吃東西時，會想著咀嚼完要馬上吐掉。只要鏡頭一拉遠，就會不得已地吐掉口中食物。不過我卻會全部吃完，甚至吃得津津有味。為了能展現吃得很美味的演技，我會特別要求劇組準備剛烹飪好，而非擱置了數小時的食物。因為這樣才能真的吃開來。如果大家見到我演吃東西的畫面，不自覺地吞口水，然後忽然很想吃同樣料理的話，那大概是因為我在畫面上是真的吃得很開心。（當然了，在《失控隧道》與天吉分著吃狗糧的畫面是例外。當時我吃完狗糧，只覺得有股土味……）

這麼愛吃的我，如果不走路的話會變什麼樣？體重勢必會超過一百五十公斤。車太鉉哥曾說：「如果是普通人，應該會選擇少吃點，然後少走點的，你很奇怪。」我回答他：「我下輩子也要吃很多、走很多。」就算只是為了和自己喜歡的人們一起對坐著吃世間的無數美食，我也要努力多走些路。

走路，不但讓人吃得再多也能有效管理體態，還能維持適度飢餓，讓人處於能盡情享用美食的狀態。假如是太吃力的運動，很容易就會因體力耗盡而失去胃口；活動量不足的運動，又會因為無助消化而沒胃口。努力

抵達夏威夷的第一天，我們第一件做的事是逛超市。
在夏威夷的首要任務：好好吃飯與好好走路。

夏威夷的餐桌，早餐一定是吃韓國料理。
接著，我們會接受「審判」。
若是走一半路才收到傳票，搞得必須折返，可是很難堪的。

韓國料理的必備食材：大蔥。待在夏威夷時，也會
像這樣自己種大蔥吃。

走完路後所吃下的那頓飯，那是真正的人間美味。喜歡吃東西的人，就該認真走路；認真走路的人，就能好好吃東西。走路與吃無疑是夢幻組合。

為了好好走路而前往夏威夷時，走路會成員們也會好好準備食物。抵達夏威夷的第一天，我們第一件做的事，是去逛四間超市。在夏威夷時，我們大多自己煮韓國料理來吃。邊逛超市邊備妥食材。先去好市多買了肉和酒，然後到唐吉軻德買點當地的啤酒和夏威夷礦泉水；接著，前往韓國超市Palama Super Market購買泡菜，最後在H賣場買齊各種蔬菜。

回到住處後，立刻拿出牛骨熬煮高湯。首先將牛骨泡在冷水中，去除血水後直接煮至沸騰。撈去水面的浮油雜質，再煮沸一次。第一次煮好的高湯用來作牛肉湯飯，第二次煮好的高湯作年糕湯，第三次之後，則將高湯靜置冷卻，再一一倒入密封袋，放冰箱冷凍。雖然也會用鯷魚乾現煮當天要用的高湯，不過還是會事先煮些牛骨高湯，冷凍備用。這些都將成為之後幾天製作料理基底的重要財產。

早餐一定是韓國料理。吃完早餐，準備外出走路前，還有個必去的地方，也是被我們稱為接受「審判」的時間。等到各自從廁所出來後，彼此會關心對方的「審判」進行得如何，然後才外出開始晨走。唯有被確實判定為有好好吃飯，好好消化後，才能安心出發。若是走到半路才收到傳票，搞得必須折返，那可是很難堪的。

我們之間有很多諸如此類的專有詞。聚在一起時創造的單字、大家邊用邊笑的詞彙……即使不是有意搞笑，後來再回想時也會成為彼此愛用的暗號與笑話，拉近彼此的關係。我還希望以後繼續跟大家一起為這些莫名其妙的事大笑。

我很喜歡逗別人笑。不過，太刻意搞笑的話，很容易讓人感覺誇張或不舒服，反而失去趣味。當感覺自己是在努力搞笑時，那個玩笑便已失敗。幽默感必需像空氣一樣，自然流動存在。因此，我努力讓自己不要在日常生活中失去幽默感。即便是在拍攝現場，我也喜歡藉由搞笑緩和大家的緊張。別人笑，我也跟著笑。能逗人笑時，我才能安心地感覺自己的心境沒有失去從容，知道自己正過著很棒的生活。

說到笑，扯得太遠了。重新回來夏威夷。在夏威夷走路的時候，我們幾乎不會分散。就算隔了點距離，也差不多在十公尺內。因為我們是走路會的菁英成員，自然會聚在一起邊聊天，邊走路。一般來說，這種時候我們會把手機留在住處，一來是沒什麼人會來電，二來是既然已經一起外出走路了，實在也沒有理由拿著手機。

在韓國，偶爾不小心把電話忘在家裡就出門，不是會整天很不自在、很空虛嗎？在夏威夷卻不會。光是聚在一起走路、烹飪、吃飯，便已足夠。正因盡情享受著共聚的時光，毋須焦急地等待某人的聯繫，亦毋須不

不用焦急地等待某人的聯繫，
也不用不安地搜索另一個世界的消息。
在夏威夷，走路、吃、笑，
就用掉我的一天。

安地搜索另一個世界的消息。

就這樣，走完路，吃完飯，再喝三瓶啤酒，就能愉悅地在下肢放鬆的狀態下入眠。我們的字典裡，沒有被稱為現代人通病的「失眠」。一起好好吃東西，努力走路，便足以使我們熟睡。

在夏威夷，走路、吃東西、笑，足以用掉我的一天。我在夏威夷思考著，好好感受充滿生活處處的美味、愉快，或許就是所謂的幸福吧？

飯，自己搞定

河正宇式的亂煮法

我很喜歡做家常飯菜。大學便開始住在外面的我，做飯是生活日常。對我而言，吃東西和走路一樣，皆是人生獲得能量的重要方式。活動雙腳走了多少路，同時就活動雙手製作多少料理，過程一樣珍貴。無論美味與否，無論是需經過繁複的料理，或僅是簡單燙點青菜，我認為用舌頭品嚐自己親手製作的食物，是件相當重要的事。

我的料理工作始於清晨。我絕不會不準時吃飯，尤其是早餐，一定要吃。做早餐，我大多是看看冰箱有什麼食材，然後拿點出來煮湯。幫傭

對我而言，吃東西和走路一樣，
皆是人生獲得能量的重要方式。
活動雙腳走了多少路，
同時就活動雙手製作多少料理的過程，
一樣珍貴。

阿姨來的日子，我也會煮，並且多準備一份請阿姨一起嚐嚐味道。來家裡幫忙的阿姨很會做涼拌黃瓜和涼拌蘿蔔絲，經常為我準備好幾種配飯的小菜。親手煮的湯，搭配數道開胃的微酸涼拌小菜，堪稱是完美的早餐。

冷凍庫不是只用來冰冰塊

由於早餐菜單是由「冰箱有什麼」決定，因此我家的冰箱隨時都備有基本食材。自己做飯吃，得從每天好好打理超市採買回來的食材開始。黃魚、五花肉、豬頸肉、煮湯用牛肉、大蔥、馬鈴薯、洋蔥等，是我常用的食材，所以也會特別留意存貨是否充足。

將大蔥、花椰菜、彩椒等水分較少的蔬菜切成適當大小後，放入冷凍庫備用。不少厭倦外賣或外食，考慮開始在家自己做飯吃的人，都是在超市採買的食材很快就變質的時間點選擇放棄。煮了一頓飯吃，然後把剩餘食材放回冰箱，沒想到不是蔬菜一下子就變得軟爛，就是其他食材轉眼就過了有效期限，結果只能通通送進廚餘桶。如此一來，自然會重重打擊自己做飯吃的意志。其實，只要好好分類能放在冷凍庫保存的食材，就能讓「做出適合自己身體的健康家常菜」的意志堅持久些。

買了長棍麵包之類的麵包時，因為很難一口氣全吃光，我會先將它們全數切片後，放進冷凍庫。夢想要在悠閒時光，享受一杯咖啡搭配大蒜麵包和長棍麵包，卻發現買來的麵包早已長滿黴菌、發黑腐爛。有這種經驗的各位，我必須在此強力推薦冷凍庫保存法。或許放進冷凍庫的長棍麵包味道不如剛出爐時，但它卻能保住原有的滋味，直到我們有時間享用為止。想吃的時候，拿一些出來，放進烤麵包機或烤箱烤就很好吃。

河老師湯飯

我很喜歡大口、大口吃熱湯泡飯。喝太多酒時、冷得感覺身體很虛弱時，大家總會選擇吃湯飯。浸滿湯汁的軟嫩食材，正是合適慰藉疲憊、不舒服身體的湯飯滋味。我喝下親手煮好的熱湯，療癒自己。

湯的部分，大多取決於冰箱有什麼食材適用。若要選出幾個主要種類的話，通常是泡菜湯、蘿蔔湯、大醬湯、黃豆芽湯、明太魚大醬湯等。尤其是適合搭配任何蔬菜的大醬湯，無論從超市買回什麼食材，都能煮出千變萬化的菜單。放些艾草，便是香氣濃郁的艾草大醬湯；放幾片櫛瓜，便是櫛瓜大醬湯；放入滿滿的白菜，靜待吸飽湯汁，便是白菜大醬湯。假如今天想吃點特別的大醬湯，也可以先放入紅蘿蔔、馬鈴薯、芹菜、蘿蔔、高麗菜燉煮；再以鯷魚乾、昆布、明太魚頭一起熬製成基底高湯後，加入些許味噌醬，便能煮出既像蔬菜湯，又帶點大醬湯香氣的滋味，完成一道不遜色於任何料理的獨門大醬湯。舀起一匙熱湯，咕嚕吞下後，約在一秒後感覺芹菜香徐徐竄向喉頭時，真的很棒。

偶爾可以利用沒吃完的牛肉熬煮大醬濃湯。煮大醬濃湯的肉，油花適量的牛胸肉是絕佳選擇。人們認為的濃郁滋味，多是來自於油脂。

不想讓食材一下子就腐壞，得先善用冷凍庫。
我會將大蒜麵包或長棍麵包切片，
然後放入冷凍庫保存。
想吃的時候，拿些出來，
放進烤麵包機或烤箱，完成。

喜歡吃花蟹的我，通常也會買點蟹身放在冷凍庫。我煮的花蟹大醬濃湯，味道也是一絕。早在文章的開頭我就不害臊地稱呼自己為「河老師」，不過實際動手的話，其實每個人都能輕鬆上手。對我們來說，只要有大醬，便能順利啟動餐桌魔法。打開冰箱，迅速檢視，決定好今天是海鮮或肉後，把自己選好的食材拿出來像泡澡一樣，靜靜看著讓它們在高湯中發散各自與生俱來的味道即可。

為什麼要放棄在家享受鮮魚的滋味？

我很喜歡吃煎魚，主要會煎黃魚或鯖魚來吃。有人說，在家煎魚，不但氣味很難消散，魚皮又很容易沾鍋，最後得再花三天時間後悔吃了那頓飯。不，只是還不熟練罷了，在家煎魚其實也有些秘訣。

假如魚肉看起來軟爛得像會全碎在鍋裡時，我在煎魚前會先灑點煎餅粉或酥炸粉。不僅能避免圓滾滾的魚身碎散，也能預防自己在抓起鋼刷清洗沾附魚皮的鍋具時懊悔。倒入約能浸過抹好煎餅粉或酥炸粉魚身三分之一的油，經過充分翻煎，採半炸半煎的方式相當美味。

除了煎魚，有時也會燉魚來吃。現在家裡住著我和弟弟兩個人，他也很會做料理。相較於我擅長的煎炒，弟弟則是專攻燉煮料理的大廚。因此，偶爾想吃燉魚時，我就會對弟弟說：

「我們……燉點什麼來吃吧？」

弟弟是燉石斑魚的專家。由於超市販售的魚比較小，我們通常會去水產市場挑石斑魚。至於白帶魚，同樣也是因為百貨公司或超市賣的太小、太貴，得到水產市場才能買到魚身像長劍一樣又長又圓厚的魚。有時急著想吃新鮮的魚料理時，會先致電常光顧的鷺梁津水產市場店家，詢問老闆有什麼新鮮好魚，再麻煩他宅配給我們做料理。

「香菜」的料理法

「香菜」是我做菜的絕招。涼拌黃瓜裡加點香菜，簡直就是天衣無縫的搭配。

我也在泡麵裡加香菜。有時因為想喝點嗆辣、滾燙的湯而煮泡麵，調味包那股過度精準的味道反而會搞得喉嚨不舒服嗎。這時，撕點香菜加入湯中，泡麵湯就能搖身一變，變成有人性的自然風味。

吃「天然」泡麵的方法

有人曾說：「泡麵是完美的食物」。可以是令人飽足的一餐，可以是充飢的零食，可以是百搭各種酒的下酒菜，也可以是解酒良方。基於其多樣而靈活的角色，可謂是完美的食物。不過，有時煮著看似完美的泡麵時，我總覺得還需要加點天然的滋味與手藝才行。

煮泡麵前，先在鍋裡倒點油，放些蔥，炒成蔥油，作為調味，再放入準備用來煮泡麵的水，如此就能煮出像新鮮麵條般的滋味。

我的偷飯賊，茄子炒牛肉

寫著寫著，腦海不斷浮現各種美食。尤其是我格外喜歡的一道小菜：茄子炒牛肉。這道菜，必須搭配蠔油才美味。萬一沒有蠔油，也可以用醬油搭配糖、蔥油、蒜泥等自製佐料；此處的關鍵是，一定要用「日本昆布醬油」。不是濃醬油或淡醬油，得用日本昆布醬油才好吃。翻炒前，先將茄子放入水中稍微燙過。原因在於，生茄子容易吸油，若沒有稍微燙過就直接炒，吸收過多油分的茄子可就不好吃了。

手撕醬牛肉的滋味

提起配飯小菜的美味名人堂，絕對少不了醬牛肉。我會自己做醬牛肉，有時間的話，也會親自煮蛋，再一顆顆剝好蛋殼；沒時間的話，會

不妨將吃剩的洋芋片弄碎，點綴似地灑在沙拉上面吃吃看。融合成微鹹又酥脆的口感，總能讓人在吃到洋芋碎片沙拉時，頓覺心情開朗。

直接買些現成的鵪鶉蛋。不過時間再少，我是絕對不會放棄親手製作醬牛肉來吃的樂趣。

製作醬牛肉時，首先得將牛肉浸於冷水，以去除血水。接著，將蔥根、青陽辣椒、洋蔥、整顆蒜頭放入醬油，以大火煮滾；此時，可以添加微量的味醂或燒酒。將肉放入煮沸的醬油前，千萬別忘記先試味道。一旦出現零香氣的死鹹味，或因食材比例不協調產生的澀味，就必須果斷地重新煮過。如果出現的是適當的微鹹，又帶點蔬菜的甜味呢？不必猶豫，把肉通通放進去。繼續燉煮，即可完成醬牛肉！

煮好待牛肉放涼至一定程度後，照理說必須先切成適當的大小，但我通常不會用刀切肉，而是直接用手撕。泡菜也是如此，循著食物紋理撕開比用刀切得方正，也來得更美味。

有沒有吃過剛煮好的熱騰騰醬牛肉配白飯？最後一次應該已是童年時期了，長大後，幾乎沒再吃過。小菜店販售的，或餐廳附贈的冰冷醬牛肉味道，似乎才更熟悉。把冰冷的肉加蛋黃搗碎，拌著熱飯一起吃固然美味，卻怎麼也比不上從滾燙的醬油湯裡剛撈起的美妙滋味。

酥脆爽口的洋芋碎片沙拉

只要開始做料理，我的雙手在廚房做了多少事，就會回饋多少進我的嘴裡。這個世界似乎存在不多選擇了多少、做了多少，便能換得多少結果的事。就算只是稍微動動手，料理也會絲毫不差地回報我的身體，如此輕鬆、有趣的事，讓我不禁常想再嘗試多些。

即使冰箱只有小黃瓜和芹菜，也能很快做出一碗沙拉。雖然也能使用市面販售的醬料，但沙拉醬的有效期限通常很短，買回來又用不完，最後只能丟掉。其實，不需要另外購買沙拉醬，只要有橄欖油和鹽巴就夠了。假如想嚐些口味特別的沙拉，不妨將吃剩的洋芋片弄碎，點綴似地撒在沙拉上也很好吃。融合成微鹹又酥脆的口感，總能讓人在吃到洋芋碎片

在墨西哥玉米餅上抹上一層薄薄的番茄糊，
接著灑滿洋蔥末與起司。
添加可口配料，放入烤箱烤約五至十分鐘，
即完成獨特的薄皮披薩！

沙拉時，頓覺心情開朗。

一片墨西哥玉米餅製成只此一家的薄皮披薩

假如獨居的各位喜歡吃披薩的話，與其老是叫些吃不完整份的外送披薩，不妨買些墨西哥玉米餅回家。在墨西哥玉米餅上抹上一層薄薄的番茄糊，接著灑滿洋蔥末與起司。掃描一下冰箱，添加蘑菇、小熱狗、沙拉米等美味配料後，放入烤箱烤約五至十分鐘，獨特的薄皮披薩就此誕生。

別貪心著想要大擺筵席，不如先試著做一種適合自己口味的料理吧？當沒有小菜配飯時，吃吃自己做的醬醃馬鈴薯不也很美味嗎？剛做好的熱騰騰醬醃馬鈴薯，其感動人心的滋味實在迷人。熬些高湯備用，若沒時間也可使用市售的高湯包，然後隨意放入各式蔬菜，即可完成一鍋熱湯。萬一味道不佳，也可趁機想想下次料理時該多加些什麼，少加些什麼。

料理的美妙，就在於即使這一頓略顯失敗，總能在下一頓扳回一城。

煮出美味熱湯渺小卻偉大的秘訣

與餐廳老闆對話
學到的神來一筆

我平常很喜歡走訪好吃的餐廳。無論去了什麼餐廳，只要吃到令人驚豔的隱藏美味，我一定會向老闆詢問秘訣。如果老闆願意透露，我便會回家模仿。最近在某間位於全羅道的餐廳吃了海帶湯，湯頭散發著極清香而濃醇的味道。雖說海帶湯會越煮越好吃，可難道不斷盲目地煮，就有辦法煮出這股滋味嗎？我問了老闆，發現並非如此。秘訣在於「洗米水」。以洗米水烹煮的海帶湯，由穀物滲出的濃郁香氣融入海鮮與肉之中，大大提升了海帶湯的層次。

藉由這種方式得知的秘訣，還有另一個。有段時間，我與演員韓成天常為了乾明太魚湯進行極具深度的討論。提起料理，成天也有一套獨到見解。在夏威夷時，我將廚房首席御廚的角色託付成天。如果要說那段時期我們究竟做了些什麼，基本上就是在鑽研「想煮出像漢南洞好吃的乾明太魚湯店那般雪白的濃湯，秘訣到底是什麼？」自己在家煮乾明太魚湯，不知為何就是煮不出像牛骨湯那種白色高湯。就在動員了一切方法，嘗試過各種煮法後，我們最後還是決定直接問老闆。

乾明太魚湯餐廳的秘密武器——紫蘇油。

回家後，我立刻拿出半乾的明太魚做實驗。相較於酥脆的全乾明太魚，我更喜歡半乾狀態的明太魚，因此家裡經常堆著半乾的明太魚備用。即使是去夏威夷，也一定要準備約四十隻的半乾明太魚。就算不做任何烹調，直接吃半乾明太魚也很美味。世上絕對沒有足以取代半乾明太魚地位的啤酒下酒菜。魚頭、魚尾用來熬煮高湯；魚肉剝下來配啤酒；魚皮炙燒烤脆後，別具風味。有時我會把魚尾拿去餵家裡的小狗吃，小傢伙們也和我一樣是半乾明太魚的成癮者。如此一來，一尾半乾明太魚的價值堪比一頭牛。

總之，我用手撕好如此珍貴的半乾明太魚後，加入紫蘇油翻炒。炒至一定程度後，即可倒入適量的水。此時要注意的是，切勿一口氣倒入滿滿的水，而是要漸進式地加入適量的水熬煮。倒入一些水，靜待煮滾後，再繼續倒入；直到再次煮沸後，才能添加新的水。只要重複上述步驟，便會發現湯在不知不覺間變成雪白色。此時，加入泡菜即完成泡菜乾明太魚湯，打入雞蛋即完成香噴噴的乾明太魚蛋花湯。

當然了，如果一口氣倒入所有的水，再以大火煮滾，同樣能煮成乾明太魚湯。不過，如果想好好煮出一鍋雪白色的濃湯，勢必還是得經歷花時間翻炒紫蘇油，以及慢慢倒水的過程。

起初，我也沒想過嘗試如此注重細節的烹飪方式。只是正如走路，料理也是會在嘗試一次後，開始萌生想要繼續下去的慣性。而且我似乎比預料中，更樂於將自己的時間投入在自己吃的食物上。

晨間走路與棒球

秋信守選手與我的人生曲線

清晨跑跑步機時，我大多會看棒球。邊用雙眼注視棒球賽，邊活動雙腳。在如此瑣碎的例行公事裡，我感覺到最單純的快樂。我支持韓國職棒的LG雙子隊，也支持美國大聯盟的德州遊騎兵隊。其中，我更是秋信守選手的球迷。自從秋信守初次出賽起，我一定按時收看有他上場的比賽。看了這麼長的時間後，我發現自己和他有些許地方相似。大概就是所謂相同人生曲線的重疊吧？

一九八二年出生的秋信守選手，在十九歲那年搭上前往美國的飛機。在小聯盟咬牙苦撐了一段時間後，才總算看見機會。我也是在差不多的時間服完兵役，開始在大學畢業後四處尋覓著願意讓我演戲的舞台與作品。二〇〇五年，秋信守選手加入西雅圖水手隊；同年，我擔任尹鍾彬導演的電影作品《兄弟以上，斷背未滿》主角後，才開始在電影圈嶄露頭角。後來，二〇一五年七月二十二日，在我第一部突破千萬觀眾的電影作品《暗殺》上映那天，秋信守選手寫下了在一場比賽同時擊出一壘安打、二壘安打、三壘安打、全壘打的完全打擊紀錄。隨著秋信守選手擺脫低潮，重新找回手感，德州遊騎兵隊也在那年成功打入季後賽。而我也是憑藉《暗殺》，完全擺脫因《群盜：民亂的時代》、《許三觀》的票房不如預期而陷入低潮的時期，重新振作。秋信守選手與我的人生曲線，巧妙地相似。基於一個球迷的心態，我就是硬要和他湊在一起。

無論如何，我始終開心地珍惜著這些雷同之處。在秋信守選手面臨難

與德州遊騎兵的秋信守選手見面。
我希望秋信守選手能一切順利。
為他加油，彷彿就是在為自己加油。

關時，在他奪下令人起雞皮疙瘩的勝利時，我也會感覺就像自己經歷了同樣的事情般，激動不已。我希望秋信守選手能一切順利。為他加油，彷彿就是在為自己加油。因此，當我得到他的聯絡方式時，我也把這些故事鉅細靡遺地全寫成了訊息傳給他。後來，我不僅收到了秋信守選手的回信，更在過了一段時間後親自見到他本人。這是不是就是所謂的「追星成功」？直到現在，我依然是他的球迷，依然狂熱地為他加油。

不久前，鈴木一朗選手宣布暫時卸下了球員身分。出生於一九七三年的他，在四十五歲這年轉任西雅圖水手隊的球團特助。深刻感受到歲月重量的我，默默低下了頭。不知不覺也到這個時候啦……和我差不多年紀的運動選手，現在已經開始消失了。有時翻查上了年紀的選手的紀錄時，心裡不免有些惋惜與苦澀。

我今天也在跑跑步機的同時看了棒球賽。棒球選手的奮鬥、永遠不知道比賽何時結束的緊張與驚險、錯過機會而面臨的危機、跨越危機才能迎來轉機的遊戲規則、提前結束比賽的慘烈敗仗、刺激的逆轉勝、自己支持的球員們的退役……這一切，激勵了我的人生，為我的雙腳注入力量。

就在為本書進行最後作業之際，看見了鈴木一朗選手預計明年會在日本的海外開幕戰再以球員身分出賽的新聞。「棒球如人生」、「棒球是在九局下兩出局才開始」這些話果然都不是虛言。

今天也看了棒球。
棒球的一切，激勵了我的人生，
為我的雙腳注入力量。

只要邁開一步，就能繼續走下去

感覺棉被外
很陌生的日子

還有什麼像走路一樣簡單的事嗎？隨處都有路，只要雙腳踏著土地，交替移動兩隻腳即可。不需要事先到健身房入會，也不需要擁有專業的運動器材。因此，我總是不斷向身邊的人推薦「走路」。因為這就是我所知道能讓人變得健康，甚至連心情都能變好的最簡單方法。

然而，偶爾會遇到有人坦白表示：「走出家門實在太難了。」他們說：「我的夢想就是過著和床融為一體的生活」、「假日需要躺一整天的生活，甚至連挺直疲憊的身體都很難」，然後露出「河正宇是只要有約，就能從江南走到麻浦的人，一定不能理解我的心情吧？」的哀怨眼神注視著我。

不，我怎麼會不懂呢？

我當然也有這種日子。睜開眼，感覺全身彷彿千斤、萬斤重的日子。這些日子，不僅心情鬱結，甚至只想緊閉雙眼，窩在棉被裡動也不動。有時，這種日子不會止於一天，而是無限延伸到隔天、再隔天……什麼也沒做，只想待在家的日子；莫名感覺家以外的世界很陌生，唯有待在自己房間才能感覺安全的日子。

然而，現在又遇到這種日子的清晨時，我會選擇停止思考，先起身再說。因為我很清楚，沉重的不是身軀，而是思緒。我慢慢哄勸自己，說服自己，先把自己帶離躺臥的地方。

此時，如果滿腦子想著「該走路了……快盥洗一下，出門處理待辦的事……」等，一味強迫自己，最終只會換來反效果，只會讓自己更不想起身罷了。

首先，不妨先試著這樣說服自己吧？「躺太久的話，腰和頭都很痛，先起床一下」假如身體反抗的話，就安撫它：「嗯，不要擔心，我知道現在很不舒服，所以沒有要去走得全身汗，只是稍微起床，坐著就好。」

如果身體到這裡都肯聽話的話，就挪動上半身，試著達成「坐著就好」的協議。就我來說，我會倚坐在跑步機上。雖然大可坐在沙發或床鋪一角，但移動到跑步機才能有稍微「清醒的感覺」。

愣愣坐在那裡，時而環顧房子四周，時而發呆。漸漸，隨著睡意消散，開始恢復精神之際，頓覺屁股有些痠痛。於是，「坐著」不知為何變得有些膩了。穿好運動鞋，站上跑步機後，「不如走點路吧！」的念頭也悄悄湧現。

站上跑步機，按下電源鍵，雙腳開始移動。只要踏出一步，自然就會踏出下一步，再下一步……於是，開始想要走得快些。按下加速鍵，我開始大步、大步走。隨著讓心情變好的熱氣擴散全身，忽然覺得屋內有些悶。不久前還想躺在床上動也不動的我，此刻竟神奇地想外出好好走路。

一腳踏在土地上。僅是邁出一步，然後深呼吸一口罷了，我卻已在不知不覺間走了數小時。土地，猶如大自然恩賜的跑步機般。只要我願意先向外踏出一步，土地便會自然地支撐著我的身體前行。

今天清晨，我真的曾經感覺身體千斤、萬斤重，感覺心情鬱結嗎？而此刻我竟如此輕盈地走著嗎？

一到早上，總有些念頭讓人想繼續躺在床上。

「再躺一下吧，今天一天就好……唉，但我怎麼好像老是這副德行？」

站上跑步機，按下電源鍵，雙腳開始移動。
只要踏出一步，自然就會踏出下一步，再下一步……
先起身，先邁開雙腳踏出一步，
單純的行動，力量卻強大。

終究輸給了這些念頭。

如果想戰勝這些負面想法，該怎麼做？難道要想些完全相反的健康想法嗎？例如，早上運動的好處？

「早上運動的話，不只會變得健康，還能充實地開始一天喔，所以起床吧！你一定可以的！」

好像不太對。忽視身體的疲憊，只顧不斷催促，身心俱疲的我根本不吃這一套。以我的經驗談，單純的行動與決心，其力量比什麼都來得強大。

先起身，先邁開雙腳踏出一步。

每天持續一樣的行動，進而成為習慣後，往往也不再需要特別的努力就能起床走路了。身體熟悉的習慣，自然地減少不必要的想法。偶爾，我們會被禁錮在環環相扣的思緒裡，虛耗著光陰，卻什麼也做不了。煎熬的時日，封閉自我，讓自己動也不動地成為自製監牢的囚犯。這一切，也都是習慣。於是，跟著自願豢養的絕望，身體慢慢地退化。然而，只要養成走路的習慣，不用煩惱也不用下決心，身體便會自然地移動。

不只有在身體狀況很好，或是擁有什麼完美條件配合時，我才走路。為了日後萬一真的得面臨需要在地上爬行的最惡劣情況，依然能如慣性、如習慣般走路，今天的我仍繼續走著。

有時，走著走著也會倏地浮現「乾脆不要再走了？」的念頭；外出走路前，「今天不要出門好了？」的誘惑也會悄悄蔓延。只是，正因我清楚走完路時的那股喜悅與價值，才選擇了繼續走著；而我也清楚這些妨礙走路的念頭，轉眼就會消失無蹤。

只要邁開一步，就能繼續走下去。

於是，在那些完全不想動的清晨，我建議各位只要先起身，先邁開一步就好。儘管那一步是如此沉重、困難，卻也讓我領悟了一件事——比起那些不斷在腦海流轉的煩惱與藉口而讓我躊躇的力量，我身體渴望前行的力量才更強大。

好累，該走路了

越忙越累，
越需要例行公事！

所謂演技，似乎不只是適當融合天賦、情緒、情感，而後表現出來的行為。表現關於情感的演技時，演員們多少都有些特別的經驗。理智上明明很清晰，身體卻會隨著情感出現劇烈反應。呼吸變得急促、心跳不斷加速。我的身體，幾乎連自己飾演的人物的身體反應都神奇地如實呈現。也是啦，人類的身體本來就會受到精神相當程度的支配。畢竟這可是會因為罹患相思病而導致假性懷孕的人體呢……

當明顯感覺心臟隨著飾演角色的情感而出現異常反應時，尤其令我體悟要控制自己的心臟絕非易事。有時，我甚至會暗自擔心「繼續這樣亂跳，萬一變得心律不整怎麼辦？」讓隨時劇烈跳動的我的心臟能在日常生活接受規律訓練、調整的，正是走路。

說起「演員」這份職業，還有另一項特點。由於演藝人員時時得接受社會大眾的目光與評價，精神免疫力也因此容易變得薄弱。當自信被消磨殆盡時，來自外部的刺激便會動搖心智，甚而毫無理由地感覺不安。那段日子，我覺得自己就像沙堡一樣會應聲散倒，甚至連平常習慣做的事，也變得很困難，一動也不想動。其實，諸如此類的症狀不只出現在演藝人員身上，而是許多深受工作過勞、情緒過勞的現代人共同面臨的問題。

當陷入被稱為「筋疲力盡（burn out）」或壓力症候群的這類症狀

時，理應趕快找出解決對策才對，卻有不少人錯覺僅是單純的身體疲勞，只想什麼也不做地躺著休息；甚至在極度疲憊時，意外地有很多人會選擇不停吃東西、不停睡覺，或兩眼發愣地盯著電視等「不需要移動身體的方法」。這些方法固然輕鬆，卻絲毫不會有好轉的感覺。一旦面對需要回歸日常的日子，又會出現想逃跑的念頭。內心不禁暗自納悶著：「明明已經充分休息了，為什麼還是覺得很累？」

不理會、不移動身體，當然可以消除肉體一定程度的疲勞。讓劇烈活動部位的肌肉暫時休息，自然能使其恢復至能正常活動的狀態。可是，萬一枯竭的是精神層面的能量，那就絕對不可能透過這種方式復原。我敢保證，單憑漫無目的地躺著，是無法解決問題的。當然了，我也不是沒有過「只想裹著棉被動也不動的時候」，甚至還會懷疑「都已經這麼累了，還要我動什麼？」

然而，不知從何時開始，當我感覺累的時候，內在卻總不停複述著：

「啊，好累……該走路了。」

比起癱坐或躺著，越累，我越想努力讓自己先起身。感覺身體與心靈已達完全乾涸的狀態時，我反而會穿上運動鞋外出。隨著雙臂與雙腳的奮力擺動，一一撣走如灰塵般纏黏於全身上下的煩躁。走著、走著，原本覆滿鐵鏽的身心也重新散發光澤。

試著好好觀察我們身心俱疲時會出現的症狀。原本充滿好奇、興趣的事物，全都變得無趣；感覺萬事萬物都很乏味，遇上一些小事就會立刻變得煩躁，言行尖銳地對待身邊的人；即使僅是極小的變數，也會陷入絕望的情緒，覺得眼前一片黑暗……這一切，皆是身心向自己請求「轉換」與「休息」的信號。此時，如果只是躺臥、癱坐在房間一隅，等著自然好轉的話，反而會感覺頭越來越重，情緒越來越低落。繼續躺著，只會

無解的時候，
我只是繼續走著。

當思緒盤旋於相同段路時，
再沒有什麼比用雙腳實際走出去來得更好。

覺得一直躺著很累；繼續坐著，只會覺得一直坐著很累。疲累的感覺，完整地重回自己身上，也成了惡性循環的開端。當陷入這種泥沼時，應該開始擬定規律的例行公事，好讓身體與日程學習適應、配合，而非將自己拱手託付給善變的情緒。

我認為，人類並非什麼多強大的存在，而是很容易因各種因素而變得不穩定的動物。每天都得面對不同的事情像天氣一樣在眼前發生，我們的身體與心靈實在很難不受到任何影響。雖說變化是極自然的事，卻也不能任由小東西翻轉一艘船，終究需要下錨穩固才行。

對我來說，日常的例行公事即扮演著錨的角色。即使置身緊急狀況，只要重複做著一直遵循的例行公事，哪怕模糊，也能看見終能回歸正常的希望。有位熟識的精神科醫師也建議精神狀態容易不安的患者，無論是什麼都好，務必擬定好屬於自己的例行公事，並且讓自己在處於任何情緒時都要按照計畫行事。

我所遵循的例行公事如下：

◇早上起床，先上跑步機走一走暖身。

◇一定吃早餐。

◇只要沒有突發需要處理的事，走路去工作室或電影公司上班。

所謂例行公事，是無論我身邊發生任何事，或出現多麼令人頭痛的意外，都必須無條件遵循的事。就像是在煩惱與憂慮如雪球般越滾越大前，即已捆綁固定的粗繩。

雖然實際要外出走路時，偶爾也會出現「我又不圖什麼，何必拖著又累又不舒服的身體出門……」的厭煩心態，回程卻會發現許多想法都不同了。當例行公事變成習慣後，一感覺疲憊或猶疑的時刻，就會想先活動身體，而非留在原地煩惱。

例行公事的力量，在於紊亂的思緒蠶食腦袋或意志力薄弱時，能促使我們先動起來再說。越是面對人生決定性的問題，越是該懂得停止胡思亂想，而非放任思緒無限蔓延。人生在世，總有些問題是要放著不管才能解決。或許，一生之中有超過百分之八十的問題都不需要我特別插手，只要靜觀其變就好。即便焦躁，也須忍耐。

面對煩擾思緒不斷滋生，卻清楚當下不會有答案時，我通常會穿上運動鞋外出。人的一輩子，要面對無數個令人不禁呢喃「這件事無解」的問題。明知道是需要靠時間才能解決，卻又被忍不住想立刻解決的焦急，逼得無法停下思考。或許，置身當下的你我想找的不是答案，而是脫離被問題盲目地拖著走的狀態。

無解的時候，我只是繼續走著。當思緒盤旋於相同段路時，再沒有什麼比用雙腳實際走出去來得更好。

因此，每當疲憊時，我希望大家腦海浮現的不是一個人呈大字型躺著的畫面，而是他正在走路的模樣。儘管又累又痛苦得快死了，在絕大多數的情況下，我們至少仍留有能走路的力氣。再加上，「走路」對人類這種動物其實還有著上發條的效果。每跨出一步，就多一份力量讓我們能堅持在自己的位置繼續前行。

我知道，正在讀這本書的你，今天又是難熬的一天。

我也是。

因此，今天我依然如禱告，如宣誓般說著：

「好累，該走路了！」

哪怕無法逗得所有人笑

非得拐彎抹角的原因

結束《柏林諜變》的拍攝後，我搭上從法蘭克福回韓國的飛機。坐在飛機上，我才驚覺自己直到下一部作品開拍前，有著不算短的六個月假期。從二〇一一年不斷忙到《柏林諜變》，在持續拍攝激烈動作場面後，搞得身體筋疲力竭，現在總算迎來久違的悠哉時光。

我得思考下一步了。該做些什麼？該去哪裡才能讓自己變得更好？

當時，最折磨我的，是自己的傲慢與自以為是。自從在《兄弟以上，斷背未滿》擔綱主角，一直到《柏林諜變》，期間我得到了過分的稱讚。作為演員，那時算是某種程度的站穩腳步，也是時候可以選擇自己想參與的作品了。很奇怪的是，每次到了拍攝現場，我卻反而覺得很疲憊。不知從何時開始，明明不是百分百同意導演的指示與方向，竟也僅是順著現場的氣氛與工作人員們的期待去做。感知到我的內在出現了細微的動搖，卻還是自願地受這股龐大的壓力折磨。

怎麼回事？我為什麼會這樣？以前無論拍攝過程有多辛苦，也不曾這樣啊，現在甚至還會對親近的人亂發脾氣，變得非常敏感。

我現在該怎麼辦？該休息嗎？還是去趟短期的語言研修？或是旅行？經過反覆思索，我的結論是：我要實際嘗試做導演的工作。在回首爾的那趟飛機上，我下定決心要過上六個月的電影導演生活。

雖是突如其來的想法，卻也不是完全沒來由。過去我就曾計畫過，自己總有一天也要嘗試導演這份工作，而非只有演戲。只是這個念頭漸漸在腦海裡變得猶豫，總覺得那是該等到再累積些經驗之後的事。沒想到，這個「之後」似乎比預料中更快找上門。另一方面，與其等作為演員的自己失去影響力後，才轉而嘗試導演，我倒覺得此刻的自己該勇敢挑戰一次，藉此培養自己拍出更有風格的電影，哪怕再辛苦都無妨。換作以導演的角度站在螢幕前，應該也會對「演員」有全新的見解。有了這個經驗後，我猜想自己的演技應該會完全不同於什麼都不懂的時期。

「我現在需要的不是旅行或休息，而是導戲。」

一種幾乎確信的預感。

一回到韓國，我立刻開始寫劇本。當時，正好是一起拍攝《柏林諜變》的柳承範跟我說過的故事不斷在腦海打轉的時候。那是關於一架從東京飛往金浦的飛機，因為遇上颱風導致兩次迫降失敗，將原本僅需兩小時的航程拉長至九小時才完成。不如就用這個在密閉空間引起騷動的題材暖暖身吧？我心想，如果拍成黑色喜劇的話，應該滿有趣的。由於大學時曾導演過話劇，所以實際上也不算太迷惘。決定好故事大綱後，我便趕緊著手寫劇本。經過兩個月後，我完成了劇本。一想到原來可以從自己內在挖掘出這麼多人物、台詞，我實在覺得興奮和有趣得不得了。我的導演處女秀《緊緊你的安全帶》，就此揭開序幕。

問題是時間。五個月後，我得開始投入拍攝《恐怖攻擊直播》。手上準備好的東西卻只有劇本，而且還幾乎是未經修訂的草稿，如果想在五個月內拍完一部電影，時間絕對不夠。一心想著要拍成短片的我，計算了一下預算。怎麼會這樣？不知道是否因為劇情大部分固定在單一場景拍攝的關係，拍成短片和長片的製作費其實差不多。既然如此，不如就拍成長片吧？於是，格局變大了，而我就這麼不知天高地厚地闖進電影導演一途。

前製作業（Pre-production）開始。像是修訂劇本、分鏡、讀劇本等，這些都是事先為實際拍攝做好準備的過程。從那時起，龐大的壓力與無止境的後悔襲來。「我瘋了吧？為什麼要做這麼難的事？倒不如好好休息！」從頭到尾參與製作一部電影的過程，並為此擔起責任，真的不是什麼簡單的事。

每天一上工，就開始不停和工作人員、演員開會。等著討論、決定的事項繁多，完全不見盡頭。不過，在修訂與完成劇本的過程，我確實學到了不少東西。聽了一些身兼編劇與導演的工作人員提供的多樣意見，讓情節和人物發展得更有說服力，是件十分有趣的事。最重要的是，決定參與演出的演員們幫了我很大的忙。每星期集合讀劇本五次，只為一字、一句修改出更順口的台詞。

不過，還是很辛苦。最辛苦的，其實是來自四面八方的目光。身邊的一百個人中，有九十八個人在聽過「我要當導演」這件事後，紛紛為我感到擔憂。

「你當演員當到正要開始走紅，突然跳去別的地方，好嗎？去演個好角色不是更好嗎？」

「自己找罪受就算了，萬一失敗搞不好還會影響演員生涯耶？」

「導演以後還能做，但現在不正是你該利用外形好好發揮演技的時機點嗎？不要把心力太集中在做導演了。」

這些話都對。「正宇，你好不容易才走到這裡的……」聽在我耳裡，他們都是為了我好才會提出這些忠告，只希望我不要繞去走一條險路，不要自討苦吃。

面對眼前全新的挑戰，我怎麼可能毫不畏懼呢？只是，繼續順利地做著一直以來做的事，對當時的我來說，根本不重要。就算會摔得四腳朝天，我也想跨越擋在自己面前的某條線。

「導演」這件事，我覺得唯有現在去做，才能讓自己再上一層樓。

完成前製作業後，正式投入拍攝。拍攝作業集中在三個星期，在限定的時間與條件內，每個畫面都必須傾盡全力。不僅是拍攝期間，就連休息時我也希望盡量不錯過演員們的表情。透過細微的表情變化，去觀察他們的狀態是否無恙，是否能確實發揮原有實力。原來在導演眼中，經由自己試鏡的演員們的表情與肢體動作，竟是如此不同。腦海忽然閃過一路走來曾用這種目光觀察過我的導演們的臉孔。再加上，參與演出《繫緊你的安全帶》的演員，大多是我的朋友或後輩，自己更該負起讓他們能放心演戲的責任。

某天，有位工作人員朝我走了過來，並對我說：「當導演的你看起來是很單純的幸福。」事實上，的確如此。開鏡時站在鏡頭之後凝視現場、與工作人員們相視對談，這些事都能使我感覺悸動與快樂。站在導演的位置看演員後，我才總算能推敲出自己一直以來是如何被看待的，才總算扎扎實實地感受到導演究竟是什麼樣的角色，製作電影又是什麼樣的事。改變了自己所站的位置，我才得以見到電影世界另一種完全不同的樣貌。

完成拍攝，直到上映為止，由於時間還算充裕，我也因此能投入足夠的心力在後製作業。在剪接的過程中，我深切了解到一件事：如果劇本本身有問題，後製再怎麼彌補也沒用。用大腦去理解和實際體驗，果然是兩回事。完成後期的台詞錄音、擬音（指利用道具或身體直接製作出現在電影背景的聲音，讓風聲、巴掌聲等各種聲音聽起來有臨場感且具戲劇性；意即以人為方式製作聲音的過程）、穿插配樂等作業，再經過混音，我好像才終於見到電影的「全身」。主角雖在電影中佔有極大的比重，卻也不過一小部分罷了。當了導演，實際參與所有環節後，我才終於感覺自己摸清這頭名為「電影」的大象。

儘管如此，電影上映後，有人說「不懂這到底是什麼電影？」也有人說「笑了整場，是很『河正宇』的電影。」對於兩者間的差異，我覺得很新鮮，也很赤裸地體悟到「原來並不是世上的每個人都和我一樣」這個再當然不過的事實。

我希望《繫緊你的安全帶》能成為擁有千萬種性格與故事的人們，願意在各自位置上不停掛在嘴邊談論的電影。多數的喜劇公式，都依循著讓觀眾「笑一下，停一下」的節奏。可是我選擇丟掉這個公式，無論主角或配角都得毫不間斷地拋出台詞。這是部台詞速度極快的電影。即使我覺得這種節奏的喜劇很好笑，卻無法逗得所有人笑。

在我挺身說出自己要當導演時，身邊的人所擔憂的，或許就是這個情況吧？然而，正因走過了一切過程，世界看起來才會如此不同。就像是離開一條長長的隧道，視野才豁然開闊的感覺。既是演員又是導演的河正宇，從此開始了嶄新的電影人生。

兩年後，我投身自導自演第二部電影作品《許三觀》。

讀過人的表情後，好好記下來

坐在椅子上的導演視線高度

我還不是個成功的導演。以一個導演來說，現在的我，不過仍在好不容易才找到如何通往這條漫長旅程的起步階段。然而，無論票房或他人的評價如何，隨著完成《繫緊你的安全帶》，並以導演的身分出道後，我也因而變得更理解與喜愛電影。回顧那段時光，我記憶最深刻的畫面無疑是演員們的臉孔。對我來說，當時的拍攝現場，就是一張又一張的人臉。

我平常就有格外留心觀察他人表情的習慣。人時刻都會有微妙變化的表情，傳達了許多訊息。眉毛的動態、望左望右的視線、凝在鼻樑上的汗珠、抿緊又放鬆的嘴唇……我邊觀察，邊想像著無從進入的他人內心。或許，也是演員的一種職業病吧。一進入拍攝現場，又會有意識地將這個習慣發揮到極致。

我們在早上七點集合，然後開始練習。由於時間很早，包括演員在內的多數人都還沒完全清醒，因此往往不是處在最佳狀態。不過，演員也不是只有在最佳狀態時才能演戲。為了在任何時候、任何地點儘快暖身完畢，然後立刻投入拍攝現場的作業，我才會刻意安排一大早集合的時程。此外，也因為其中有些演員熟悉劇場甚於電影，需要讓他們有充裕的準備時間好好適應鏡頭。那一張張在昏暗拂曉時尚顯疲憊的臉孔，經過一段時間而漸漸化為從容與自然的時光，我都記得。

某天，執導《B咖大翻身》與《與神同行》的金容華導演送了我一份特別的禮物——一把讓導演在拍攝現場觀看小螢幕時坐的椅子。當然了，不是所有拍攝現場都會使用這種椅子。金容華導演為了我，特地找了一張高度剛剛好的椅子。那張椅子，比一般椅子高些，坐著時能平視站在身旁的人。演員們在休息或梳化時，也會坐這種椅子。導演和演員為什麼要坐這種高度的椅子呢？為了象徵自己的地位比其他工作人員來得特別、來得高嗎？

絕對不是。原因在於，拍攝現場的其他工作人員大多是站著工作。試著想像如果用的是一般高度的椅子吧，工作人員來和導演說話時可就得彎腰或屈膝了；演員們梳化時也一樣，工作人員可就得長時間維持不舒服的姿勢工作了。放在拍攝現場讓導演和演員坐的椅子，其高度正好讓人坐著的時候，眼神也能平視站著的人。

我將這份導演椅禮物帶回了工作室。就算是沒有拍攝日程的近來，我依然常坐在那張椅子上。雖是送給我用來在拍攝現場導戲的禮物，不知為何，只要一坐上那椅子，就足以讓我感到愉快與安心。因為，這麼做令我想起了在拍攝現場從大老遠跑來與我對視、交談過無數次的工作人員們的臉孔。這張椅子，彷如魔法般喚回了拍攝現場和樂與熱鬧的氛圍。

導演下部作品時，我也會坐這張椅子。那時，我的眼中又能見到什麼景象呢？

作為導演的我，在拍攝現場會用兩種鏡頭拍電影：一種是拍攝用的鏡頭，另一種鏡頭，是我的雙眼。

不會成為老傢伙的方法

讓位的人最美麗

這是拍攝《許三觀》時發生的事。我由於身兼《許三觀》的導演和主角，必須在每一幕結束時，自己喊「卡！」然後退出場景去看小螢幕重播。因此，導演的位置自然是空著的。然而，當我一結束導演的工作回到場景中時，工作人員們就會紛紛聚回空著的導演位置旁緊盯小螢幕。燈光組、攝影組、美術組、道具組、服裝組、化妝組等，各組組長會謹慎地確認每一幕，討論如何修正下一個鏡頭。

儘管導演兼主角是個巧合，我卻因而開始思考：「或許，這就是導演的工作吧？」原來導演的位置是可以空著，原來這個情況下各組工作人員是能自動地運作，自發地協調，原來不需要有人站到最前面擋住小螢幕，扯著喉嚨指揮工作人員……從此我對導演這份工作，有了全新體悟。

除此之外，我又想：「電影製片是否也該把自己在拍攝現場的椅子稍微往後拉呢？」一個好的電影製片，不是在拍攝現場或小螢幕後挑個視野最好的位置，然後監視、管控工作人員或演員，反而該把自己的位置空出來，往後退，進而去形塑一股鼓勵導演、監製、演員共同完成最佳作品的氛圍。

不過，這些往往僅是理想，製片實際上是很難退到這麼後面的。為什麼？因為一不小心就會讓在拍攝現場的自己看起來像沒事做一樣。演員在演戲，導演在導戲，工作人員在做各組負責的工作，而同在拍攝現場的製片卻找不到事做。此時，是人都會浮現這種想法：

「嗯？包辦這部電影的人明明是我，我怎麼會沒事做呢？」「那些人不是忘記我了吧？」

於是，不少製片會因自卑感而開始變得「多管閒事」。為了想表現自己是在拍攝現場擔任重要角色的人，劈哩啪啦地嘮叨著沒意義的話。

當製片開始干預些不必要的閒事時，拍攝現場的眾人會有什麼反應呢？被批評演技的演員心裡當然會不舒服，而導演也會氣呼呼地回應：「我會自己看著辦。」一旦這些片刻越積越多，對在拍攝現場的工作人員來說，製片變成了令人不自在的存在。既然如此，製片從下次開始就會懂得察言觀色，然後不再犯同樣的錯誤了吧？

絕對不可能。眾人的反應越冷淡，他們就越會提高音量，用盡一切方法好讓自己發揮影響力。我們將這種人稱為「老傢伙」。

製片一開始就該清楚自己的定位才對。無論電影存在多少明顯的漏洞和缺點，也該掌握好開口的時機。在時機到來前，千萬不要隨便開口。務必等到那些願意掛上自己的名字去為電影奔走的所有工作人員和演員們，各自栽種的花朵盛開為止。這一切不該是硬要剝開花苞，然後塞進蜜蜂的事。電影製片的使命，是準備好能讓人自發運作的地方後，好好守護這片領域。

既然如此，我又該成為什麼樣的製片呢？當過演員和導演的我，很明白製片映在他們眼中的模樣。我想成為一個清楚自己定位，並且懂得為了他人安靜地空出自己位置的製片。

您相信「言靈」嗎？

走在市中心，
忽然

有些時候，需要穿越市中心的人潮。即使人與人間擦身而過的當下僅是短暫的一剎那，人們的談話卻能清楚地傳入耳中。偶然深陷在那些沒頭沒尾的對話，總能誘使我萌生各種幻想。時而想著人會在什麼情況說出那些話，時而反覆咀嚼說話者獨特的聲調、語氣，抑或是某些不常用的詞彙。

我平常也很喜歡觀察人。讓印象深刻的話不斷在腦海盤旋，留心觀察、思索人的表情與言行，或許早已成了我的習慣。

不過，我偶爾也會遇到一些人，開口閉口老嘀咕著讓我想立刻回家洗耳朵的粗言穢語。就算那些話不是對著我說，但在聽到的瞬間，心情實在不好。仔細想想，他們並非真的因為惱火才使用那些髒話或難聽話，只是為了想展現自己的能耐，才在每句話的最後摻雜粗話。儘管只是種說話的習慣，我也完全無法忍受。由於我經常在戲裡扮演慣用粗俗髒話的角色，有些人便以為我在日常生活也是這樣，總對真實的我感到相當意外。然而，我其實相信那些沒什麼意思的言語，只要說了出口，就會產生意思。

言語，是有力量的，就算是自言自語也一樣。即便看似沒人在聽，最終又回到了自己耳裡。世上沒有任何言語，是完全沒有人聽見的。當一句話說出口，散播於空氣中的瞬間，便已開始發揮其影響力。批評，擁有扎刺他人的力量；稱讚，擁有鼓舞他人的力量。因此，為了不引起對方不必要的誤會，得要極度細膩地選擇使用的言語，並且以最誠摯的態度表達。這正是我為什麼害怕養成習慣性的髒話，或為了誇大自己的力量而使用的尖銳言辭。

有些人會在每句話的最後像是面臨世界末日般感嘆、嘆氣；有些人習慣把「唉，死定了！」「我不活了，真是的！」「煩死了！」這些話掛在嘴邊；有些人則是在面對任何事時，無條件先以負面的方式回應。當有人提議時，總會說出「那可不行」、「我沒辦法」等答覆來防禦自己。這些都不是經審視，再實際判斷自己能力所說出的話，只是單純的「口頭禪」。

對「言語」的各種態度不僅是衡量一個人思想與性格的準則，同時也會對聽見那些話的人產生影響。嘆氣、發脾氣與充斥「不可能」的言語，會讓聽者感覺洩氣，一併被感染了「事態真的很糟」的情緒。

言語擁有多強大的力量，你我每天都切身體驗著。看看那些在網路世界猶如吃完亂丟的口香糖似地劣評與留言。大剌剌公開他人的資料、肉搜，或是用難聽的髒話辱罵某個人。接收這些話的不只是特定的攻擊對象，甚至還會傷害到偶然讀到這些話的人。隨著令人不快的感覺擴散傳染，進而誘發「原來我生活在如此殘酷的社會，自己總有一天也會成為被攻擊對象」的恐懼與不安。躲在匿名的背後，隨意寫下各種冷血劣評批判他人的人，沒有意識到自己正在變成怪物的事實。

由我飾演「江林」這個角色的電影《與神同行》，故事背景取材自人死後四十九天必須經歷七場審判的韓國民間傳統世界觀。亡者會在殺人地獄、怠惰地獄、欺騙地獄、不義地獄、背叛地獄、暴力地獄、天倫地獄等七大地獄接受各種審判，唯有順利通過所有過程，才能重新投胎。

在殺人地獄，不僅是直接殺人，間接殺人也被視為有罪。如果某些言行成為了逼死一個人的原因，那麼做出該言行的人便是殺人者。當朱智勳飾演的「解怨脈」向車太鉉哥飾演的「自鴻」解釋間接殺人時，說的那段「所以千萬不要在網路亂留言！都會留下紀錄的！」正是我強烈建議金容華導演一定要加入的場景。因為我希望進電影院看電影的觀眾，除了覺得電影好看，也能重新思考話一出口就不會輕易消失，而且還會永遠留在世上的力量。

言語有力量，也有靈魂，而我將其稱為「言靈」。言靈有時會在我們意料之外的地方證明自己的權力，並以我們無心脫口的話扭轉現實。圍繞在身邊的言靈，究竟是惡魔或天使，選擇在於自己。

當我們同在一起

團體行動的樂趣

自己支持的棒球隊沒有比賽那天，我會改看NBA。某天，當我隨興打開電視時，電視正在轉播克里夫蘭騎士和波士頓塞爾提克的比賽。其中，有位球員正飛也似地穿梭在場上。那是當時效力於克里夫蘭騎士的雷霸龍．詹姆斯（LeBron James，現效力於洛杉磯湖人）；他是位能力足以被譽為「詹皇」的出色球員。不僅擔任小前鋒，也能勝任控球後衛，無論得分能力、突破能力，甚至連傳球技法都很令人驚豔。是位你只要看著他，嘴巴就會不自覺說出「從沒見過這種人」的偉大球員。相較之下，波士頓賽爾提克就沒有像詹姆斯一樣的球星了。

然而，當天的比賽反倒讓我感覺波士頓賽爾提克的團隊合作很好。詹姆斯醒目的華麗個人秀，與塞爾提克恰到好處的團隊分工形成對比，將觀眾的情緒推向高峰。

緊盯這場比賽的我，心裡不斷想著：「沒錯，絕對沒有單靠一個人就能做到的事。」原因當然不在於這場比賽最後由賽爾提克獲勝，也不在於回顧過往交手戰績總是塞爾提克占上風。擁有超級球星的隊伍，勝率自然比較高，如果再將球員一個個拿出來比較的話，賽爾提克陣中根本沒有任何足以和詹姆斯匹敵的球員。

可是，這不是一個人的比賽。場上的五個人都得在各自的位置上，充分發揮自己所長，然後一起行動才行。不論個人能力有多突出，一旦少了場上其他隊員的支援，根本成不了大事；又或者所屬隊伍的低潮，根本和個人活躍與否無關。每次見到這種景象，總會隨之浮現：「沒有任何大事能單靠一個人完成」的念頭。於是，一次又一次地領悟，我們的人生正是由無數次團隊合作所組成。

回顧自己過往的電影作品年表與其他作品時，對於自己能走到今天，我始終感到既驚訝又恐懼。我究竟如何避開那些藏於人生途中各處的地雷區？往後的日子也能如此嗎？有時，我甚至覺得連有這種想法都是種自以為是。因為得以避開埋在途中的地雷，進而找出藏在路旁的一件件寶物，都不是靠我一人。在這個名為「人生」的賽場上，我唯有時刻倚賴隊友助攻與協防，才有幸成為發光發熱的球員。

偶爾會遇見一出事就馬上怪罪別人的人。我固然能理解希望自己傾注的努力能獲得肯定的心情，但如果自己是如此，別人自然也是一樣。一心認為只有自己努力付出、耗盡全力的想法，似乎有些太膚淺與狹隘了。越是將不滿丟給其他人，越是將責任往外推，留給自己的往往僅剩惱怒與委屈的心。這是在親手孤立自己的狀態。因此，怪罪他人只會讓自己變得更加孤獨與淒涼。

無論事情的結果如何，每當真心感激身邊的人時，我都能意識到自己不是一個人，感覺到了原本看不見的連結。我才終於明白，是無數的人與情況將自己連結其中，才讓「我」這個人得以存在。這份感激，使我可以擺脫被孤立的狀態，帶領著我變得充實、富足。

或許，感激也是一種練習。想著大大小小看不見的連結，每次遇見人時，我總會像以「你好」當作問候語般，將「謝謝」掛在嘴邊。

真心感謝一直守在那個位置的你。

沒有任何大事能單靠一個人完成。
在這個名為「人生」的賽場上，
我唯有時刻倚賴隊友助攻與協防，
才有幸成為發光發熱的球員。

向各位介紹我的朋友

走路會的
老男孩們

我們的走路會成員，不總是同樣的人。偶爾會因認識的人開始著迷走路，而邀請他們加入一起走路；偶爾會因一起走了很久的成員比較忙，或有私人行程，而暫時離隊。因此，如果有人問起「走路會共有多少人」？每次的答案都不太一樣。

不過，有些人則是一直都在。驀然回首，他們永遠都是正在大步、大步走著的我的同行。

從一噸貨車的約會到著魔般地演……酩酊，酩酊，酊酊！

「酊酊」，演員韓成天，是我的大學同學。雖然現在叫做「酊酊」，不過這個綽號在初創時其實是「酩酊」。正如各位所料，「酩酊」是「酩酊大醉」的縮寫。如果說起成天大學時期到底有多能喝，基本上就是任何人看了都會毫無疑問地認定這個人是酒鬼的程度。不過，現在再也不是從前的韓成天了。尤其是從他熱衷走路以來，已經完全變成另一個人。不是說了言語有力量嗎？所以不可以再用「酩酊」這種丟人的名字稱呼成天了，我決定要改叫他「酊酊」。因為每次叫「酊酊啊～」，都會覺得很可愛。

大學時期，酊酊和我一起住在外面。酊酊，不，酩酊當時開的車，我到現在還沒忘記。大家明明都是沒錢又老是挨餓的戲劇電影系學生，但成天竟然開車上學……那是他爸爸的車，爸爸的一噸貨車……

頂著一頭飄逸長髮的成天，不僅開著一噸貨車去電影院，也會開去和女朋友約會。

假如各位有看過《577計畫》，應該還記得沒血沒淚的演員韓在天彷彿被什麼上身般展現難得一見的演技。一天得走超過十小時的急行軍，就算只是拎個小水瓶都覺得快昏倒的當時，我偷偷在成天的背包裡放了滿滿的石頭。他邊走邊自問了無數次「為什麼老覺得身體有千萬斤重？」「我是不是生病了？」的成天，在休息時間打開包包，發現一堆石頭後，對我大發了一頓脾氣。我邊安撫著發脾氣的成天，邊誘惑他「不能只有你獨自承受這種委屈，一起把玩笑的規模升級吧！」事已至此，說好合夥的我們，決定神不知鬼不覺地騙倒所有大長征的團員。

為了展開新的人生而挑戰國土大長征的無名演員韓成天，因為我把石頭放進他包包的玩笑舉動，結果弄傷了膝蓋。即使隨行醫療團隊表示「他一步也不能再走了」成天依然沒有放棄。他流著眼淚，倔強地說：

「我就算拄著拐杖，也要走到海南！」接著又聽見韓成天哽咽說道：「如果連這點事都做不到，我的人生根本什麼都做不了！」所有人都哭得一把鼻涕一把眼淚的……

這位就是被我的玩笑騙了最久，卻依然很好騙的朋友酊酊。他到現在連我給他的一個水杯或一顆果凍，都不願意乖乖收下了，非得聞過好一陣子，確認內容物沒有從水被換成燒酒，或是其他各種怪東西後，才肯吃下肚。不過，他還是一直被我捉弄。一起去夏威夷時，由於酊酊都會比我早睡，等到時機成熟的我，便開始在進入夢鄉的成天臉上塗鴉。對不起，可是我覺得你發脾氣的模樣實在太有趣了……

天天十六萬步的Fitbit界傳奇——鑽Q老師觀察日記

演員金俊圭是我的大學學弟，現在則以金在榮這個藝名在演藝圈活

桑德麗娜與酊酊。
和我一起走路的朋友們。

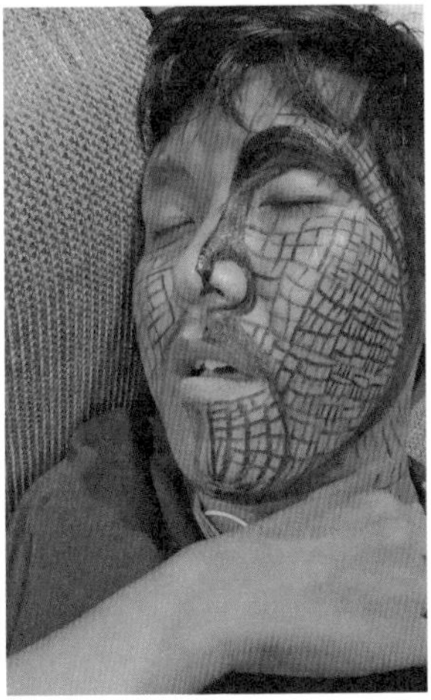

在進入夢鄉的酊酊臉上畫的塗鴉。
對不起，可是你發脾氣的模樣實在太有趣了……

躍。因為長得既不像韓國人，又有點像外國人，所以我們姑且將「俊圭」這個正常的名字擺到一邊，改叫更有感覺的「鑽Q」。鑽Q之所以看起來像外國人，有部分要歸功於他「非比尋常」（？）的時尚感。他是時尚恐怖分子——大概就是那種會穿運動短褲或熱褲出席重要場合的程度。格外鍾情短褲的他，經常以那副模樣現身，完全不考慮究竟該在什麼場合穿什麼衣服，甚至可以說是個根本沒有「不同場合該穿不同衣服」概念的人。鑽Q是服裝自由主義者，或者說是大自然時尚巨星。

穿著熱褲的鑽Q倒是很能走，是我們走路會的王牌。一天能走十六萬步，走出令人無法置信的「世界新紀錄」，是Fitbit界的傳奇。特別喜歡熱褲的原因，大概因為那是走起路來很舒服的服裝；他就是如此瘋狂於走路。假如我邀請鑽Q晚上七點一起在我家附近喝杯傳統米酒，他會從家裡走來。既然是走路會的熱血成員，用走的去碰面地點不是很正常嗎？鑽Q住在京畿道光明市，而我家附近是新沙洞。鑽Q會在早上十點出發，走路走到七點來見我。

鑽Q的下半身，結實得像個足球員。因此，只要穿上熱褲，就會非常搶鏡頭，甚至搞得連看的人都替他不好意思。不過，他依然堅守屬於自己的時尚。他真的是走路狂魔吧？說起走路，已經算很有自信的我，卻完全無法觸及鑽Q的等級。

假設鑽Q十五號在全羅道光州有拍攝行程，他會先在十二號坐車到大田，用以準備專屬於他的個人大長征——花四天三夜「走路」去拍攝地點。比起用「最近過得好嗎？」向他問候，我更常這樣問鑽Q：

「鑽Q啊，你現在人在哪裡？又在走路嗎？」

不要再問為什麼了，「等一等，查理（Wait a Minute, Charlie）」！

演員姜申哲是我的國中同學。我們有個小時候在美國生活，所以每句話都會用R音結尾的朋友。當這個朋友叫申哲時，先是從「宣傑～」變成「宣查～」，又變成查爾斯（Charles），最後再變形成這裡說的查理（Charlie）。看過《繫緊你的安全帶》的人，應該會記得劇中一直跪著向老闆道歉的帥氣事務長。那就是查理。由於申哲長得很帥，有個英文名字應該更適合他。不過，綽號本身並沒有什麼太大的意義。我們取綽號向來就是依循這種方式，隨心情，隨感覺，隨便取完，然後就一輩子叫到你煩。

如果要再多說些我們取綽號的故事，那就是申哲現在的綽號字數已經擴增成「等一等，查理（Wait a Minute, Charlie）」了。由馬丁·史柯西斯執導，勞勃·狄尼洛主演的電影《殘酷大街》（Mean Streets）有句台詞「Wait a minute, wait a minute, Charlie……」，這綽號就是從此而來，同樣也沒什麼特別意義。純粹是因為我們非常喜歡馬丁·史柯西斯和勞勃·狄尼洛罷了。

我想永遠一起走的朋友們，
讓我想一直走下去的人們。
暫時收起無法一一記錄的回憶後，
我們，先一起繼續走下去吧。

除此之外，還有長得像柯比・布萊恩，鼻子又大到「鼻活量」很好的後輩柯比・尚元，以及永遠精力旺盛的藍波黃寶羅、桑德麗娜……以後再找個機會好好解說每個人的名字。暫時收起無法一一記錄的回憶後，我們，先一起繼續走下去吧。

專為走路的人而設的周三讀書會

走路與閱讀
神奇共通點

儘管走路會成員們各自的家和工作地點皆不同，卻總能感覺彼此就在身邊。由於我們每天都會透過Fitbit分享彼此的步數，當有人的步數明顯少於前一天時，就會想問候一下他是不是工作忙得無法抽身、是不是生病了；當有人的名次忽然上升，讓人不禁驚訝「今天走滿多的嘛！」時，就會開始好奇他正走到哪裡了。就算對方表明自己正在長途車上，只要步數持續增加，其他人就會開始盤問他是不是正在「搖」計步器。所謂「搖」

計步器，指的是刻意搖動Fitbit，藉以增加機器計算步數的偏方。是近來有些沒走那麼多路的成員，卻無論如何都想擺脫墊底行列時，才會使出的殺手鐧。當然了，只要一用「搖」的偏方，立刻就會被其他人逮個正著。原因在於，不走路光靠搖動Fitbit的話，步數固然會增加，卻不會改變移動距離的公里數。

我們的每一天，就是如此緊密地連結。

我們就這樣各自走著，等到某天行程剛好能互相配合時，便會相約一起走趟「高強度」的。空出整天的行程，一起邊走邊閒聊。如此一來，想不清楚彼此的近況都難。正因彼此的關係早已親密得像家人，一眼就能看穿彼此的我們，漸漸走入了很難再對彼此的事感覺新鮮的時期。因為無聊才常見面的我們，卻反而陷入沒話講的罕見狀態。這種不用特別說話也很自在的關係固然很好，偶爾還是想分享些能對彼此人生有所助益的事。

由於希望彼此是永遠都能帶來新刺激的關係，於是，我們開始了讀書會。

原則很簡單：每周讀一本書，周三晚上聚在一起聊聊。不過，不是那種事先擬訂主題或硬梆梆的議論書本，純粹只是自由地分享自己讀完一本書的想法、感覺。邊吃美食，邊喝杯酒，又或者慢慢走路去享用這些美食、美酒。

讀書會的第一本指定閱讀書目，是日本律師西中務的著作《運勢決定人生》。書中提到比起百分百靠個人能力，成功與幸福更會隨著運氣與氣勢導出千萬種變化這段，我很有共鳴。不是只要我做得好、拚命做，就能保證每件事的結果。既然如此，想擁有成功與幸福又該怎麼做呢？

關於如何將幸運帶到自己身邊的方法，這位日本律師老爺爺以自己實際遇見的委託人人生為例，用簡單、易懂的方式告訴讀者。讀完這本書後，我覺得好像有人替我將過去累積的煩惱與自己的專屬解答，通通寫了下來。懷抱著無比感謝與喜悅的心，有段時間我還特地買了好幾本送給身邊的人。

這是個起點。我變得想和這些比任何人都想成為好演員、活成好人的朋友們、後輩們一起閱讀，然後分享自己的故事。只因我太清楚他們長久以來在演技、在人生吃過多少苦。

閱讀與走路有著微妙的共通點：明明是人生必需之事，卻都輕易被用「沒時間」作藉口而放棄。只是，細究的話，其實任何人每天一定都有讀二十頁書、走三十分鐘路的時間。

恰如透過Fitbit連結的我們，互相鼓勵，讓彼此每天都能持續走路一樣，閱讀也是如此。邊享用晚餐，或邊喝著啤酒、傳統米酒，輕鬆聊聊這本書整體如何、是否有哪些段落尤其印象深刻。當發現書中內容與自己想法吻合的部分時，便興奮地說不停；當遇見某些書與自己完全合不來時，則會開始討論各自的感想。於是，早已熟悉與信任的我們，又更理解了彼此一些。

一起閱讀，讓原本就相熟與互信的我們，更深層地挖掘彼此的內心。分開後的回家途中，帶著渴望讓生活過得更好的念頭，萌生了想為彼此的工作與人生打氣的心。

隨著聚會一次接一次展開，自然也開始出現沒辦法看完書的人、認為當周指定書目很無趣的人。即使有些日子會因忙碌而無法聚在一起，或是無法果斷決定下一本書，至少我們到現在仍努力著想讓讀書會延續下去。萬一不能實際碰面，我們也會在通訊軟體的群組裡聊書。

以下是過去這段時間，我們讀書會讀過的書目清單：大衛・勒布雷東（David Le Breton）的《步行禮讚》（Eloge de la marche）、久賀谷亮的《最高休息法》、伊麗絲・桑德（Ilse Sand）的《高敏感是種天賦》，柯維《我暫時一個人》、湯尼・波特（Tony Porter）的《打破MAN BOX》、曹

閱讀與走路有著微妙的共通點：
明明是人生必需之事，
卻很輕易被用「沒時間」作藉口而放棄。

薰鉉的《高手的思考方式》、多田文明的《嚴禁惡用！跟詐騙集團學暗黑交涉術》、李起周的《說話的品格》等。只看書名，大概就能推敲出我們的共同興趣：關於走路與休息，對簡單生活的在意，關於敏感與細膩性格的解析，關於煩惱必須像個男人的傳統觀念，以及避免用言語的力量去責備或辱罵他人的信念……

我大多會在搭車移動的途中閱讀。如果是適當的距離固然可以徒步，但較遠的拍攝地點就必須搭車了。因為覺得這段時間有點可惜，不想虛耗，我便思考還能做點什麼。因此，我通常會在車上讀先前累積的劇本或書。

養成習慣後，我開始覺得一周讀一本書其實沒那麼難。一年有五十二周，就算每周只讀一本書，一年也能讀五十多本書。

由於近來大家都很忙，實在無法實際聚會的我們，只能各自閱讀。希望總有一天能再辦讀書會，和大家邊喝點小酒，邊聊聊書。原本以為閱讀是孤單一人做的事，有了讀書會後發現能和走路的朋友們一起讀，似乎更有趣。

第三章　　3부 사람, 걸으면서 방황하는 존재

人，且走，且徬徨的存在

我擁有無法靜靜待著的才能

對不起，我不能專心

「不專心、注意力顯著下降。」

大家是否曾在聯絡簿上被導師評為「不專心」呢？小時候或許不懂，但最近我的確意識到自己看起來有些不專心。

不久前，在某個重要案子的討論會議上，當我正在聆聽對方說話時，坐在我身旁的人小心翼翼地問道：「除了我們現在提到的部分，是不是還有其他意見？如果有的話，歡迎隨時提出。」

由於當時我完全投入在會議中，因此對於他為什麼會說出那樣的話，感到有些驚慌。後來仔細想想，才發現是有原因的——整場會議我都用原子筆在桌底下攤開的筆記本上塗寫。想必是身旁的人見到這副模樣，誤會我在想其他事了。

因為那次契機，我又多了解了自己一件事：原來我沒辦法靜靜待著聽人說話，一定得同時做點其他事才行，一不小心可能就造成誤會了。因此，現在若遇到像開會這種需要專心的情況時，我都會在會議開始前，事先請求與會的人諒解：「我很難靜下來，所以會在開會中翻開筆記本塗寫，而實際原因是我看到文字會覺得頭很暈，希望大家能當作是河正宇獨有的會議速寫方式，我是真的有在聽開會內容。」經常一起開會的人，其實早就習慣我這樣了，因此也不會太介意。

既然說起這個，其實我還有個習慣，只要我迷上某件事，就會執著到令人覺得很累的另一面。

這是發生在拍攝《許三觀》時的事。當時，我們在劇組集體宿舍附近的塑膠帳篷內，事先準備了體能訓練室。由於大家都是特地離開家到順天拍戲，好好維持體能與身體狀態便顯得格外重要。那段期間，我們在體能訓練室準備了桌球桌，每晚完成拍攝後，就會聚在一起打桌球。除了達到運動效果，更因為其中有著必須分出勝負的樂趣，導致我開始著魔似地沉迷桌球。放鬆享受舒展筋骨後，照理應該為了隔天的拍攝工作早點回去休息才對，我卻為了被挑起的求勝欲，又瘋狂地練習了好幾個小時。當時，我下決心絕對要在那裡練成桌球專家為止，我想寫下「桌球不敗神話」。我不僅狂熱地看桌球比賽轉播到很晚，甚至還自掏腰包設置了要價韓幣七十萬元的自動發球機。

後來我結束拍攝工作，回到首爾，偶然有機會和弟弟一起打了桌球。原本弟弟打桌球的實力比我強很多，可是經過拍攝《許三觀》時在體能訓練室的個人訓練後，便不再是如此了。見到帶著大幅提升的桌球實力回來的我，弟弟嚇了一跳，訝異地說「哥到底是去拍電影回來，還是去參加桌球斯巴達訓練回來？」

桌球僅是其中一個例子。當沉迷於某樣東西時，無論是什麼，我都非得鑽研到極限為止。明明簡單當作興趣也很好，為什麼我就是無法在界線前停下來呢？為什麼我就是不懂適可而止，非得跑到終點才罷休呢？

我試著想過，人們通常會如何評價這種特質呢？遇見沒辦法靜下來的人時，大家會說是「注意力不足」，又或者更直接地說「安靜！」「胡鬧！」「為什麼這麼不專心？」「專心點！」我一方面認同大家的話，另一方面卻有其他想法——其實，大家是不是在說這種人有關注多樣興趣的能力呢？即使看在旁人眼中，完全無法靜下來的人顯得很胡鬧、不穩定，對當事人而言，卻是正處在延伸好奇心天線去體驗新事物的狀態。多數人定義的「正常」，乍聽之下可能合理，實際上卻有很多情況並非如此。

在社會上，也存在不少類似的情況。當大家見到樂於挑戰各種不同領域而非專注單一工作的人時，大多會提出「專心挖一口井就好」的建議，或是說「到處學點皮毛根本成不了大事，只有埋頭做自己最擅長的事才是成功的秘訣。」真的是這樣嗎？明明說人類是充滿好奇心的動物，那為什麼當一個人對各種領域有興趣，渴望體驗多樣事物時，卻劈頭就是不看好、質疑呢？

無論怎麼想，我始終覺得「專心挖一口井就好」這句話聽起來很怪。如果勤勞地挖幾口井，然後努力放下吊桶提水，不是更容易發現夠讓我喝一輩子的水井嗎？我認為，用一生時間去摸索出藏於一個人內在的各種潛力，並使其盛放結果，是一輩子的課題與義務。我相信，唯有經歷這段過程，最終才能完成自己。

其實，也有人曾小心翼翼地暗示過我：「會不會是有 ADHD？」

ADHD，注意力不足過動症。由於我一次也不曾想過要用這個醫學用語診斷自己的性格，因此聽到擔心自己的人說出這番話時，確實有些陌生與不知所措。他表示：「因為我姪子有ADHD，認識你後，每次聽你的故事和觀察你平常的模樣，覺得和他有很多相似處。而且如果童年有過ADHD的話，有時會在長大後變形成不同狀態，又稱為成人ADHD，和你的狀況非常像。」「不過我也不是醫生，只是單純靠外在推測而已，還是建議你趕快去醫院讓專家診斷看看。」

我愣了一下。

然後，心想搞不好他說得對。

之後，我買了一堆關於ADHD的書，開始鑽研相關症狀。雖然相關書籍非常多，再加上每個人外顯的徵狀都不一樣，其程度的差異也很大，實在很難輕易斷定，但我確實與書中提及的許多症狀相當吻合。越是研究ADHD，我越是不斷浮現童年時期的自己。一刻也靜不下來、過分沉迷某樣喜歡的東西卻又很快轉換興趣……小時候的我，難道不覺得辛苦嗎？即使身邊沒有會嚴厲責備我「專心點」、「靜下來」、「好好專心做一件事」的大人，但我並非全然沒有感覺到他們其實隱約期待著我能成為稍微冷靜、穩重，並乖乖做些可預測行為的小孩。小時候的我，究竟是如何度過那段時光的呢？

現在的我，是演員，也是電影導演、製片，以及畫畫的人。而我也將自己對某些人來說可能是嚴重缺陷的性格，恰當地融入了各種職業。

看完書後，才知道李奧納多·達文西、愛因斯坦、史蒂芬·史匹柏都有ADHD的傾向。不過，當然不能只顧強調像他們這些能力出眾的天才有ADHD，而忽略其他同樣也有ADHD的平凡人，或因ADHD飽受折磨的人。不過，我卻也同時覺得，說不定每個人都有ADHD的傾向。相較於靜靜待著，經常想活動、深怕對方不懂自己的情感而誇張表現、無法有耐心地專注於一件事的特性，或許正是最童心的本能。一般人會因年歲

我是對所有東西都很有興趣，
還會不停活動身體走路的人；
是就算正在說話，身體也會動來動去，
甚至還得「原地跑跳」才甘願，
完全無法靜靜待著的人。
不過，無所謂。

從現在開始，
我會改用「我擁有無法靜靜待著的能力」
取代「我無法靜靜待著」。
只因託這項能力的福，
我才有幸得以在一輩子同時享受
演員、導演、製片、畫畫的人等各種職業。

增長逐漸社會化後，開始壓抑這項本能，甚而學到不對他人造成不便的行為方法。然而，ADHD的孩子們卻能終生帶著最童心的本性，繼續生活在滿是正經大人的世界。

很感謝擔心我的朋友，但我已經決定不去醫院診斷自己是否有ADHD的傾向了。我是對所有東西都很有興趣，還會不停活動身體走路的人；是就算正在說話，身體也會動來動去，甚至還得「原地跑跳」才甘願，完全無法靜靜待著的人。不過，無所謂。只要我的性格不會妨礙自己的人生，我都要倚靠著這種注意力不足且對所有事物充滿好奇的性格活下去。

因此，從現在開始我會改用「我擁有無法靜靜待著的能力」取代「我無法靜靜待著」。只因託這項能力的福，我才有幸得以在一輩子同時享受演員、導演、製片、畫畫等各種職業的樂趣。

無法相信自己

混音，
不完美的人類
為留住完美聲音的奮鬥

我是只要下定決心便會自信地堅持到底的人。然而，當被人問起我是否相信自己時，卻很難輕易回答。有自信與確信自己，乍聽之下或許相同，卻是完全不同的問題。如果盡力完成了某件事，自然會因為沒有後悔或遺憾而產生自信。意即努力投入的時間本身，對我產生了力量。因此，所謂自信，其定義應是基於信賴自己過去投入的時間與努力過的事，所生成的力量。

但若說到相信自己，我想，我是完全無法確信的。倘若我說確信，也不過是錯覺。我認為，沒有人可以確信任何事。當確信自己的決定時，就是該好好懷疑自己的時候了。自信與確信，直到我著手混音作業才終於釐清這兩種狀態的差異。

混音，是混合與調整電影的台詞、音效、音樂等，好讓觀眾聽起來能感覺協調的作業。為了清晰傳達內容，必須將台詞設定至適當的音量；也要決定音樂該在什麼時間點淡入與淡出。此外，尤其在電影中，除了該幕的主體聲音，還得自然地融入我們能清楚感覺的多樣音效。舉例來說，當劇中人物說台詞時，假如有其他人經過或打開後方的窗戶，便需要同時聽到適當的音效。哪怕僅是忽重忽輕的腳步聲，或窗外傳來的風聲、車輛聲，都必須一併加入才能顯得整體音效完整。進行混音作業時，需要細膩掌握一個空間獨有的聲音，並且盡可能調整至適時、適地。

不過，實際混音才發現就算是同個聲音也不可能永遠聽起來都一樣。說得誇張些，大概就是我領悟到今天的「我」和明天的「我」是完全不同人一事。又豈止於此呢？相同的聲音在同一天的早上與晚上聽起來便已截然不同。就算盡力專注於所有感覺，一旦身體狀態改變，相同的聲音聽起來也不同。

假設今天覺得台詞聽得不太清楚，而請求混音師大大提高音量好了，很奇怪的是，隔天再聽一次時，卻又覺得該部分聽起來太過突出。於是，同樣的過程反覆發生了好一陣子。一下調小，一下調大。終於，我才在某個剎那頓悟了這個太過當然的事實。問題不在聲音，而在自己。

因此，多數混音師都會建議導演不要把整天的時間都花在混音，而是選擇自己最舒服的時間再前往混音室作業。意即不要勉強工作，改以處在「最佳狀態」為一致作業標準。混音時，相較於因確信自己當下聽到的聲音與感覺，而決定調小或調大音量，我通常會攤開寫有前一天自己覺得不對勁部分的筆記後，再調整至適當的方向。如果一直感覺很好，今天卻特別覺得台詞聽不太清楚的話？那就得找出原因。原因出在喇叭的機率幾乎是零，而必須質疑的對象，是我自己。

就像這樣，當我的感覺都能在一天內改變超過十二次時，我又該怎麼能確信自己呢？人的心境不也是嗎？我的感覺與心境，時時刻刻都像風的流動般轉變著。而演技與繪畫正是活用了這樣的感覺與心境。為了在工作時不隨難以捉摸的感覺或主觀意識起舞，我會不斷檢討自己；當與他人想法不同時，我也會努力地用盡可能客觀的方式與對方交談。只因我當下的情緒或心境可能隨時都會改變。當我是這樣時，對方自然也是如此。

最終我們能做的，不過是盡力完成事情，並累積自己所相信與倚賴的時間罷了。在過去這段旅程與時光中，即使我已經帶著自信堅持完成所有事了，我卻始終無法確信自己的狀態。或許，是因為「確信」正是傲慢、自以為是地否定自己不完美的另一種說法。

為什麼不受歡迎？

即使如此，依然想當導演的原因

我曾懇切地祈禱，希望能叫好叫座的《許三觀》，最後票房以慘敗收場。問題不是單純的「觀眾為什麼不懂？」而是該從根本問自己：

「問題究竟是什麼？」

我認為，《許三觀》已經是傾盡自己當時能做到的一切努力與準備才完成的作品。其實，就算現在要我重拍一次，我也覺得自己幾乎沒有什麼地方能再做得更好了。猶如漫畫般，細膩地將每一幕拆解成一個個鏡頭，甚至超乎常理地進行了多達五次分鏡作業（通常是兩次）；接著，甚至還以這五次分鏡作業為基礎，事先用手持式攝影機拍下了整部電影近四成的分量。既然會動用到事前拍攝去揣摩電影的整體氛圍，我認為自己對這部電影的準備工作已經做到滴水不漏的程度了。再加上，一切決定不是由我一人獨斷，而是和演出團隊、投資發行公司、製作公司完善溝通後，共同相信的成果。雖然這麼拚命，但我確實失敗了。

為什麼大家不喜歡？

看過提及自己執導的這部作品的報導，底下有人留言寫道：「請好好當演員就好」之類的批評。即使可以視為單純的劣評就好，我卻不斷思索原因與努力試著接受：當導演的自己並不能像當演員的自己一樣，受到大家普遍的喜愛。

不過，很矛盾的是，當導演的自己明明已經這麼努力卻得不到大家的

我們失敗了。儘管又摔又跌，卻因他人評價絲毫達不到自己的期待而迷惘。
每當這種時候，我總會想：
「反正路還很長。最終一定會成功的，無論是以何種方式。」

愛，現在的我反而不再感覺不安。我已經徹底消除，那份源於完全無法預測大家對自己作品反應的不安；走過那段接受未曾預期出現的結果，並為此茫然失措的時期。現在的問題，只有身為導演的我，該如何拍攝第三部作品，以及該用什麼樣的心態擔負起導演的工作；只有問自己真正想拍的是什麼電影，並且如何不留遺憾地拍給大家看。

其實，無論身為演員或導演，當開始一部新電影時，我始終感到恐懼。只是，那份恐懼不會使我躊躇，或是阻礙我做任何新嘗試。況且，我認為成功與失敗不該單憑一張票房累計圖判斷。即使《許三觀》的票房失敗，卻不是「我的失敗作品」。執導《許三觀》期間，我從中獲得的禮物，早已超越物質所能衡量的程度。

當有人對我說：「河正宇先生，請好好當演員就好」時，確實傷害了過去的我，但往後的我已不會再為此受傷。因為這番話，說的不正是大家認為當演員的我做得還不差嗎？我想，即使導演河正宇欠了演員河正宇，但終有一天導演河正宇會向演員河正宇還清這筆債。一直以來，演員河正宇享有無數幸運與喜愛，並走在一條尚稱平坦的道路上，卻也是在二十歲踏上話劇舞台後，歷經十年，才在三十歲左右嶄露光芒的人。相較於此，電影導演河正宇還只是個出道不到幾年的菜鳥。現在就談論作為導演的成敗與否，還太早。

我們失敗了。儘管又摔又跌，卻因他人評價絲毫達不到自己的期待而迷惘。每當這種時候，我總會想：

「反正路還很長。最終一定會成功的，無論是以何種方式。」

面對這條名為「導演生涯」的漫長旅途，我仍站在入口處。或許，在途中的某個時機點成功或失敗，跌倒或贏得喝采，並不是太重要。與其沿途患得患失、戰戰兢兢，踏實地走下去，堅持朝著自己所期許的方向前行，對我來說才是最珍貴的。

「像個男人」究竟是什麼？

關於恐懼

我在讀書會讀過《打破MAN BOX》。這本書由美國知名社會運動家湯尼．波特撰寫，副標是「被困在『像個男人』的男人們」。他將關於「男子氣概」的刻板印象稱為「Man Box」，主張必須勇敢打破並脫離這些框架才行。

閱讀時，我對不少部分都很有共鳴。人們普遍認定的「像個男人」，大致有幾種：身體強壯、力氣大、不擅表達情感、遇到任何情況都必須堅強、絕對不能讓別人看到眼淚……每當聽見這些話時，我總有個強烈的疑問：所有男人都具備這些特質嗎？還有，所有男人非得變成這樣的理由是什麼？

我確實常聽到別人說我「像個男人」、「有帥氣的男子氣概」。這些出於好意的話，除了讓我聽得有些不好意思，偶爾卻也會浮現問號：我真的像個男人嗎？

比如說，外表長得豪放又有把低沉嗓音的我，其實也有享受和喜歡的人們一起不停閒聊的喜悅，以及樂於細心照顧共事的人的另一面。擁有這些特徵，是像個男人？還是像個女人？熱衷自己在家做飯吃的我，去餐廳用餐時，也會格外留意上桌的小菜，然後再回家學著做。無論是醃茗荑葉或醃小黃瓜，我連這些小東西都很喜歡親手料理，也將食材打理得相當乾淨、整齊。當說起這些事時，對我不熟悉的人通常會驚訝回應：「以前都不知道你有這麼『女性化』的興趣。」

如果細究這些看起來時而像個男人，時而像個女人的行為或特質，會發現其實每個人都同時擁有兩者。世上怎麼可能有人是完全地像個男人或像個女人呢？說不定，我實際上也不像個男人。因此，相較於「像個男人」如此定義模糊的話，聽見別人說我「像個人」、「有人味」時，會更開心些。

即使是外表看起來強悍、無畏無懼的我，其實也有相當害怕的事。即使從未在其他地方公開說過，但我也希望能被「有人味」這句話慰藉一次自己軟弱的一面。

例如：我怕高。我很想向大家坦白，自己在那些當下究竟有多恐懼、心智變得有多脆弱。我有懼高症。連遊樂器材都沒辦法玩的我，曾有段二十歲時跟著朋友們一起去樂天世界玩，結果被嚇到不行的記憶。那一次，似乎是我最後一次去遊樂園。我真的無法再去遊樂園之類的地方，像「自由落體」這種激烈的遊樂器材自然是玩不了，甚至連摩天輪都怕得完全不想搭。

每當說起這件事，大家總是不願相信，畢竟我可是吊著鋼絲拍過《柏林諜變》如此華麗動作片的人……其實，當時吊鋼絲拍戲的我，非常難受。不，與其說是難受，用「恐怖」形容才更正確。由高處俯瞰低處的恍惚感，加上雙膝無力、暈眩。萬一吐了怎麼辦？光想像都會全身冒冷汗的我，不由自主地闔上了雙眼。

既然如此，假如又有吊鋼絲場面的劇本找上門呢？假如我飾演的角色必須從高處往下跳，或需要搭遊樂器材呢？光是讀劇本的文字都感覺喘不過氣、驚嚇的我，會先很謹慎地詢問導演是否能拿掉該幕。如果是劇本極優秀，完全不想錯過的作品……可是，意思是說非得有那一幕才行嗎？

啊……只是用想的，都覺得痛苦。演員河正宇的意志，能戰勝人類河正宇的意志嗎？不過，導演，一定要戰勝嗎？CG[8]這種新科技的誕生，

8 譯註：Computer Graphics電腦繪圖，數位化特效。

不就是為了用在這種超越人類極限的事嗎？

或許，這是源於我對置身自己無法完全掌握的位置或狀況的恐懼。現在隨著常去夏威夷，已經變得習慣許多了，但曾有段時間，我非常害怕搭飛機時遇上亂流；甚至曾經因為怕在自己睡覺時遇上亂流而墜機，完全不敢在飛機上睡覺。即使到了現在，每次飛機開始晃動時，我都會先確認空服員的表情。站在專業人士的角度，還算沒事嗎？確定安全嗎？自己總會在搭飛機時變得比別人敏感的特質，成為第一部執導作品《繫緊你的安全帶》的發想開端。

如果要再坦白一件事，其實我也很怕打針。我很難親眼看著針刺透皮膚的畫面。為什麼會這樣呢？又不是極度的疼痛，只是有些痠刺的感覺罷了……我也不知道原因。高處、打針，雖然除了這兩樣，還有很多會讓

狀況變好許多的現在，我已經能在飛機前豪爽地比出 yeah。
曾經有段時間，我非常害怕飛機上的亂流。
總會在搭飛機時變得比別人敏感的特質，
成為我第一部執導作品《繫緊你的安全帶》的發想開端。

我變得軟弱的事，暫時就先說到這裡了。

我也不過只是個會怕很多東西的人類罷了，希望大家都能理解……

我選擇同伴的方法

與神同行

經常有人問我是如何挑劇本的。其實，比起挑劇本，我通常會先嘗試著讀讀一部電影的相關人員們，其人生是否與劇本有所連結。

《與神同行》的原著是周浩旻作家受到大家熱烈喜愛的網路漫畫，因此不少人都認為我一定很輕易就答應演出邀請。其實，一切並不是全無風險，畢竟在韓國電影史上，科幻片的成功案例確屬罕見。再加上我第一次讀到的劇本，各個角色看起來並不是那麼完美。不過，故事的意念確實清晰，也讓我留下難以忘懷的深刻印象。

遇到這種情況時，我會首先思考故事的意念源自何處。是導演刻意將意念軸線導向催淚電影嗎？抑或是電影藏著導演非說不可的意念呢？比如說，我後來才知道《與神同行：罪與罰》，是導演將自己實際沒能告訴母親的話放進了這部電影。他在訪談中，將《與神同行》第一集形容為「獻給逝去母親的安魂曲」乍看之下雖是毫無直接關聯的附加原因，但對我來說，卻是我選擇這部電影最明確且關鍵的要因。我有種確實的感覺：這部電影一定會受歡迎。有時，這種確實的預感，源自某位電影相關人員的「渴切」。我對他的渴切有了共鳴，也想與他同行。

電影《與神同行》的預算，一、二集合計約韓幣四百億元。是極難達到收支平衡的作品，觀影人次也絕對要過千萬才算成功。這種大片，就算觀影人次破八百萬，也得同時承受不少罵聲。然而，儘管面臨不少難關，對我而言，最重要的仍是回到金容華導演本身最渴切的那段故事。

堪稱是韓國賣座電影大師的金容華導演，歷來的作品無一不受大家喜愛。一路執導了《Oh! Brothers》、《醜女大翻身》、《B咖大翻身》，堪稱是無往不利。直到《王牌巨猩》，他才初嚐苦頭。

其實《王牌巨猩》並不是源於金導演的故事。像《Oh! Brothers》、《醜女大翻身》、《B咖大翻身》等，說是金容華導演本人的故事也不為過。從闡釋兄弟情誼的《Oh! Brothers》，到講述一個人如何從貧窮、惡劣、不被看好的環境中脫胎換骨，渴望活出精采人生的高戲劇張力作品《醜女大翻身》；乃至於關於親情的《B咖大翻身》。金容華導演都有能力將自己的個人經歷與故事，完美移植到電影角色身上。

這樣的導演，卻在《王牌巨猩》遇上票房慘敗的局面。不過，也不是完全失敗。他在執導《王牌巨猩》期間，創立了名為「Dexter Studios」的電影特效專業公司。儘管《王牌巨猩》沒有成為觀眾的選擇，他卻大大提升了韓國電影界的電腦成像技術。我認為，他將自己在拍《王牌巨猩》時學到的呈現手法，完美地綻放於《與神同行》。Dexter Studios不單純是間外包公司，而是由金容華導演親手創立，並且與一眾員工共同打理的公司。為了重建在《王牌巨猩》無法達成的夢想，金容華導演和員工們究竟用了多少吃奶的力氣拚命呢？

即使經歷過一次失敗，金容華導演卻沒有就此成了失敗的導演。他檢討自己的工作，並決心重回自己最擅長的地方。於是，他將這份決心實際體現在《與神同行》。

與其問我「如何選劇本？」不妨更準確地問「喜歡和什麼人一起工作」。就演員收到劇本的階段來說，幾乎不見任何已經寫得很完美的劇本。劇本，永遠都得在演員與工作團隊組成後，經過所有人一起討論、修訂才行。我是抱持著「大概要改一半」的想法進到劇組的。我喜歡與有想法、有能量嘗試將半部劇本改得更好的人、願意和我分享渴切心情的人一起工作。

不只是電影，讓站在選擇十字路口的我做出決定的，大多是「人」。我要的不是和大師，或願意向我提出驚喜條件的人一起工作，而是考慮對方以什麼樣的心態拍電影，以及對對方來說，這部電影存在什麼樣的意義。

對某些人來說，電影是猶如妻子、兒女、父母般的家人，是生命的絕對意義。誰也擋不住這些人，而他們勢必會有所成就。這一切，非但不是我個人的標準，就算觀眾在不清楚所有背景與後話的狀態，也能清晰地分辨、感知電影相關工作人員投入的努力與能量，最終找到自己認為最好看的電影。

一切答案，終究在於人。

靠雙腳描繪的義大利藝術地圖

不是觀光，
而是遊學的旅行

二〇一八年三月，我收到來自義大利佛羅倫斯韓國電影節的邀請。從來沒有去過義大利的我，打算藉此機會好好遊覽一番。因此，包含電影節行程在內，我計畫了五天四夜的羅馬行、兩天一夜的拿坡里行、四天三夜的西西里行、八天七夜的佛羅倫斯行等義大利各城市的行程，再加上五天四夜的巴塞隆納行、四天三夜的倫敦行，懷抱著彷彿要參加藝術遊學的心在準備這趟旅行。

於住處整理好行李後，便先外出看看。
環顧一下附近有沒有適合走路的地方。
我們走路會成員，將此稱為「開圖（Maphack）」。
每次抵達新城市後，靠自己雙腳走出地圖的過程，對我來說相當重要。

抵達羅馬時，是夜晚。我在住處整理好行李後，便先外出看看，環顧一下附近有沒有適合走路的地方。我們走路會成員，將此稱為「開圖（Maphack）」。

所謂「開圖」，本來是指在電玩《星海爭霸》中，另外叫出地圖，好讓玩家能在遊戲時掌握對自己最有利路線的行為。每次抵達新城市後，靠自己雙腳走出地圖的過程，對我來說格外重要。拍攝《柏林諜變》時，我也特意請託安排住處的工作人員，不要訂飯店，而是改替我安排布蘭登堡門旁的一般住宅。因為布蘭登堡門前的廣場是方便走路的地方，而且附近還有適合散步的公園。

到了羅馬，我同樣邊走邊探索著住處周圍的公園、大道、巷弄等。像這樣走過一個城市，並試著留心環視的話，第二天就能清楚掌握該城市重要地點的位置；第三天起，就算沒有地圖，也幾乎都能找到想去的地方。

到了羅馬，我同樣邊走，邊探索著
住處周圍的公園、大道、巷弄等。

隔天的淩晨五點，旅程正式開始。首先，我去了趟住處旁的納沃納廣場。納沃納廣場座落於羅馬首座競技場的原址，是擁有美麗噴泉與教堂的著名觀光景點。實際走過後，廣場的一圈約為一千步。

如此著名的觀光景點，從早到晚都充滿了來自世界各地的觀光客，熱鬧得幾乎無處能讓我下腳走路。被人潮纏困的我，甚至分不清自己究竟在參觀人，還是在參觀景點。不過，若是半夜才到觀光景點走路的話，路上便幾乎不見人影。留在羅馬期間，我大多利用半夜到觀光景點散步。用五天四夜的時間，參觀同個景點四、五次以上，其實也很特別。通常參加羅馬團體行程時，說完「這裡是特雷維噴泉，請下車」大概只能在二十分鐘內匆匆參觀，然後買個義式冰淇淋吃吃，接著就得移動到下個景點了吧？然而，我卻能穿梭在古代遺跡與觀光景點間散步，慢慢地、細細地端詳眼前的一切。我預定的羅馬晨間走路路線，是以萬神殿為起點，繞行西班牙廣場、特雷維噴泉，以及參觀為紀念義大利統一五十週年而建造的維托里亞諾・艾曼紐二世紀念館後，再走回納沃納廣場。

據說米開朗基羅到希臘留學，見到當地萬神殿這般巨大的圓頂建築後，深感震撼。當時要建造如此大規模的圓頂建築，幾乎是不可能；而建造萬神殿的人，竟能將原本不可能的夢想變成真。「怎麼可能辦得到？」米開朗基羅邊讚嘆，邊研究，甚至還在萬神殿前坐了幾天。後來，米開朗基羅收到了參與建造聖伯多祿大殿的邀請。深受萬神殿驚人的圓頂建築規模與藝術性影響的米開朗基羅，也建造出風格獨特的圓頂建築——聖伯多祿大殿。不過，由於米開朗基羅懷有對萬神殿的敬畏之情，聖伯多祿大殿的規模也因此較萬神殿小了些。

這趟義大利行，對我來說，並不是單純的觀光，反而感覺更像是某種形式的留學。待在義大利的期間，我邊學，邊走。藝術與建築，以及為此奉獻一生的偉大藝術家們令人驚豔與感動的故事，伴隨著我同行。

我預定的羅馬晨間走路路線，是以萬神殿為起點，
繞行西班牙廣場、特雷維噴泉，
以及參觀為紀念義大利統一五十週年而建造的
維托里亞諾．艾曼紐二世紀念館後，再走回納沃納廣場。

納沃納廣場，座落於羅馬首座競技場的原址，
是著名觀光景點。

PORTA·HAEC
CLAVSA·ERIT
CHANGE
per Trinita

前往梵蒂岡博物館的前一天，導遊為我上了一堂美術史。從文藝復興時代與接續的巴洛克、洛可可等藝術思潮，到李奧納多·達文西，與拉斐爾、米開朗基羅三大天才的生涯、作品等，我邊聽著導遊的詳細解說，邊累積著自己即將見到的藝術作品的背景知識。我想要的是好好學習後，帶著悸動的心情面對一幅幅名畫，而不是一面想著「啊！我聽過那個畫家的名字耶！」「咦？我好像在哪裡看過那幅畫？」一面匆忙瞥過畫作。進入梵蒂岡博物館前，我特地聽了馬上能親眼見到的米開朗基羅的《最後的審判》與《創造亞當》的解說。在梵蒂岡博物館內，有間用來舉辦教宗選舉秘密會議（conclave）的小教堂；而《創造亞當》與《最後的審判》就在這間西斯汀禮拜堂的天花板與西側牆面。

親眼見到這幅傑作後，極其強烈的感動襲捲而來。究竟要如何大的才能畫出這樣的作品呢？《最後的審判》是足足耗費超過六年時間，以濕壁畫（Fresco）技法繪製而成的畫作。濕壁畫，指的是在抹上濕灰泥後，趁尚未全乾前，將顏料塗於濕灰泥上，藉以吸收顏料的濕灰泥繪畫的技法；這種技法也劃時代地延長了畫作的保存性。只是，這種技法不僅過程繁複，遇上了濕度高的天氣，畫作還會在繪製過程中發霉，所以有些日子便會因天氣而無法作業。對於米開朗基羅有辦法花這麼長的時間，且未曾中斷地完成這幅作品，我深感衝擊。我似乎稍微明白，為什麼世人會將最燦爛的時期稱為「文藝復興」了。

瞬間，我對自己感到極度羞恥。看著偉大藝術家的巨作，然後反省自己這件事本身，固然是我的另一種自以為是。但佇立於畫作前的我，不時感覺自己變得越來越渺小，也開始回顧經過自己創作，而後散播於世上的作品。大家不是常用這種形容詞嗎？什麼「渾身解數」、「盡心盡力」的……站在畫作前，我切切實實地感受這些老套的詞彙。

在餐廳吃晚餐時，給了我們時間談論與整理各自對今天看過的藝術作品有什麼想法。親眼見證的文藝復興，在各自的雙眼與口中重新活了過

特雷維噴泉

納沃納廣場的夜晚

像這樣走過一個城市，並試著留心環視的話，
第二天就能清楚掌握該城市重要地點的位置；
第三天起，就算沒有地圖，也幾乎都能找到想去的地方。
攝於羅馬競技場。

來。

到了拿坡里，將住處選在擁有悠久歷史的蛋堡前，接著便出發沿著海邊走路。由於通常去旅行都會忙著造訪觀光景點，然後拚命拍些紀念照，因此幾乎沒有能真正在記憶深處沖印成像的畫面。儘管只是輕掠過似地短暫停留在拿坡里，但能在長距離移動途中抽些時間走路，記憶反而更加深刻。固然是拍了些照片，但大多是破曉時分外出走路的昏暗照片。

在西西里，最大的煩惱是究竟要順便去巴勒摩或薩沃卡。巴勒摩有馬西莫劇院；在《教父3》著名的最後一幕中，麥可（艾爾．帕西諾飾）與家人一起走出劇院，目睹親愛的女兒中槍身亡後，低聲嗚咽的拍攝場地。薩沃卡有聖塔露西亞教堂；在《教父1》中，年輕時期的麥可與第一任妻子阿波羅尼亞相遇後，兩人舉辦結婚典禮的拍攝場地。去哪裡好呢？兩個地方都太想去了。不過，由於我覺得《教父1》更好看，因此約好下次再去巴勒摩，這次決定先去薩沃卡，何況薩沃卡也離位在卡塔尼亞的宿舍近些。一踏入幽靜的薩沃卡山村，立刻就能見到Bar Vitelli，麥可正是在這間由阿波羅尼亞的父親經營的酒吧裡，向一見鍾情的她求婚。我在這裡，坐在艾爾．帕西諾停留過的桌子前，拍了張照。

我在卡塔尼亞的一間餐廳與當地人聊得很愉快。有位阿姨走向當時正坐在餐廳吃飯的我，問我是不是西西里人，並表示我的眼睛長得與自己故鄉的人十分相似。聽完這番話後，我轉頭環顧四周，發現大家都是黑髮、褐色皮膚，以及深邃的五官。雖然我的外貌的確與他們有點像，另一方面聽來卻也像是在稱讚自己像個當地人般融入這裡，心情實在很好。

無論到了世界哪個地方，我都會努力嘗試著讓自己看起來徹底像個當地人，而非異鄉人。至少，這項策略在西西里成功奏效了，真滿足。

佛羅倫斯雖是個小巧的城市，在我看來卻是應有盡有。烏菲茲美術館，其名稱取自義大利語中的「辦公室（Uffizi）」，意指這個本來用作梅

這趟義大利行，對我來說，並不是單純的觀光，
反而感覺更像是某種形式的留學。待在義大利的期間，我邊學，邊走。
藝術與建築，以及為此奉獻一生的偉大藝術家們令人驚豔與感動的故事，伴隨著我同行。

梵蒂岡博物館的《創造亞當》導覽圖。
親眼見到這幅傑作後，極其強烈的感動襲捲而來。
我似乎稍微明白，
為什麼世人會將最燦爛的時期稱為「文藝復興」了。

梵蒂岡博物館的《最後的審判》導覽圖。
《最後的審判》是足足耗費超過六年的時間，
以濕壁畫技法繪製而成的畫作。

迪奇家族辦公室的地方。對藝術格外關注的梅迪奇家族，曾積極地援助藝術家與收藏藝術作品；而烏菲茲美術館也展有無數由梅迪奇家族蒐集的傑作。造訪佛羅倫斯的烏菲茲美術館前，我同樣上了一堂美術史。尤其對梅迪奇家族產生興趣，回到韓國後，我四處找了不少關於麥地奇家族的書籍與紀錄片來看。

在米開朗基羅廣場俯瞰佛羅倫斯全景的時光，同樣深深地刻在我的心上。凝視眼前一覽無遺的佛羅倫斯，我再次憶起文藝復興時代的藝術家人生。身為藝術家的他們，是否因為自認是神的代理人，才有辦法撐過苦難，完成作品呢？又是否因為如此，才能在經過這麼久的時間後，迄今依然對後世產生影響呢？越是想起他們，越覺得自己這個人變得渺小，甚而反思若換作自己，是否也能熬過那段時期。

達文西在法國鄉村度過晚年。死前，他說完最後這三年是自己一生最

我在義大利時，
在便條紙上畫的素描。

儘管只是掠過似地短暫停留在拿坡里，
除了長距離移動，我都在走路，
因此記憶反而更深刻。

在拿坡里的白天喝杯酒。

我在這裡，坐在艾爾・帕西諾
停留過的桌子前，拍了張照。

《教父 1》的拍攝場地——義大利薩沃卡的 Bar Vitelli。
被掛在小相框裡的電影場景。

多虧踏過了歷史悠久的石頭路，
待在義大利期間，為了冷卻腳底熱氣，
我每晚都得把腳泡在冷水裡才行。

不過，
這段搞得雙腳「冒火」的義大利時光，
直到現在仍清晰地留在我心裡。

於破曉時分的佛羅倫斯米開朗基羅廣場。

平靜的時光後，便離開了人世。李奧納多．達文西最後的傑作《蒙娜麗莎》之所以不在義大利，而是在法國的羅浮宮，因為這是他曾傾注最後生命完成的未完成作品。為什麼會把那般吃力與孤單、衰老與病痛的最後三年，說成一生之中最美好的時期呢？曾有傳聞說達文西是同性戀者，假如傳聞屬實，懷抱這麼大的秘密活著，他該有多孤獨呢？換作是我，能像他那樣活著嗎？很奇怪的是，只要一開始煩惱這些問題，我就會突然變得非常想畫畫。回韓國後，或許我能以不同於過往的心態站在畫布前。

後來選擇造訪西班牙的巴塞隆納，純粹是為了畢卡索美術館。由於畢卡索美術館主要展示畢卡索早期作品與晚年作品，因此沒有大眾熟悉的作品。如果說在義大利遇見的藝術作品與藝術家，是趨近於神的領域，那麼巴塞隆納的畢卡索則比較有人性，對我來說也多了些親近與輕鬆的感覺。大概就像是遇見一位豁達、賢明的老人家吧？

在這趟旅程的最後一站倫敦，我見到了畢卡索表現立體主義（Cubism）的完整作品。儘管不是事先安排的行程，卻碰巧遇上泰特美術館正在舉辦畢卡索特展。對我來說，無論是巴塞隆納或倫敦，都是能專注欣賞畢卡索作品，並藉此思考他人生的一段旅程。

好的藝術家與好的生活，可不可能兩者兼得呢？我時常苦惱著關於這個問題的答案。然而，在旅行途中見到畢卡索的作品後，儘管仍有些迷惘，我想，答案或許是「可能」。

在義大利旅行期間，我真的走了很多路。很奇怪的是，我在義大利時，每晚都深受從前未曾出現過的情況折磨。每晚，腳底都會竄起陣陣熱氣。儘管走了不少路，但不至於是讓身體過勞的程度，到底為什麼會這樣呢？想著想著，我明白了原因出在「義大利的路」。由於義大利原封不動地保留了許多未經鋪建的舊石頭路，我的雙腳為了適應高低不平的地面，所以有些過度操勞。待在義大利的期間，為了冷卻腳底的熱氣，我每晚都得把腳泡在冷水裡才行。不過，這段搞得雙腳「冒火」的義大利時光，直到現在仍清晰地留在我心裡。

雖是不到一個月的短時間，結束義大利藝術之旅，回到韓國後，我覺得自己大概成長了一公分。我想全力以赴面對自己的工作，我想把這份工作做得更久些。這份決心當然不僅止於繪畫，還含括了演戲、導演、電影製作等。

結束義大利藝術之旅，回到韓國後，我覺得自己大概成長了一公分。
我想全力以赴面對自己的工作。
我想把這份工作做得更久些。
這份決心當然不僅止於繪畫，還含括了演戲、導演、電影製作等。

低潮老師

致走在「演員」這條路上的人們

在熱愛自己工作的氛圍裡成長這件事，對一個人的人生相當重要。一般來說，小孩們在十幾歲時接受規範劃一的教育，並在成績至上的壓迫感裡讀書，直到上大學前夕時，大人們才開始問小孩「想做什麼？」再怎麼想，都覺得提這個問題的時機來得太晚了。一個人被動地接受將近二十年的教育，某天突然被要求去找自己真正的夢想，當然會毫無頭緒，不是嗎？

此時，對於來自周圍的單純建議——「既然喜歡閱讀，就試著寫作；

既然身材高挑又長得好看，就當演員」自然也只能聽從。正因對自己的不了解，才會轉而傾聽他人意見，並且依循那些話決定夢想。假如始於這種起頭的工作，既適合自己又具發展前景的話，自然是慶幸，但大多數跟著別人的話而決定的未來，往往都得經歷一段徬徨的時間。

當朋友們已經紛紛找到熱愛的事，並朝著遠處前行時，自己卻因為走在一條緩慢、艱辛的路上而跌跌撞撞，當下難免會為了不知該如何是好而焦躁不安。前程尚有萬里長的年輕人們之所以會跌倒、挫折，大多是因為在毫無準備的情況下，就被一把丟進了這種情況之中。

如果一個年輕人擁有著能讓每個人看了都覺得討喜、吸引人的外貌，大家總會如此稱讚道：

「哇！你可以去當演員了。」

只要長得好看就能當演員的因果關係，表面看似合理，實際卻有些奇怪。假如是歌手，歌唱得好自然可以作為出發點，可是演員卻不同。試著想想，某人因為實在長得太好看，而跟隨其他人的建議踏上演員一途。幸運的話，可能憑著一、兩部作品就走紅（不過這幾乎不可能。就算是看起來像這樣的人，也是付出了讓自己能在一、兩部作品就走紅的同等努力）；然而，萬一完全沒有學過演戲，勢必只會招來導演與觀眾的冷眼。

許多想當演員的人都想馬上藉由大銀幕華麗出道，但我會建議這些人，務必先經歷過話劇舞台。在話劇中，觀眾能直視演員的全身，正面綜觀舞台全景。因此，當你站在能一覽演員與舞台的觀眾面前時，連指尖的動作都不敢馬虎。

一般人在拍個人照時，表情總在面對鏡頭的瞬間顯得僵硬、尷尬。有時，即使表情透過練習後變得自然，不知為何，站的姿勢卻依然顯得奇怪。原因在於，肩膀或背部的過分僵直，或是手擺放的位置和腳的站立姿勢很突兀。運用自己身體這件事，其實不如想像中容易。必須經過持續練習，才能讓觀眾看起來覺得站在舞台上的自己站姿、走姿很自然，並從如此細微與理所當然的事，學到了演技。

經歷過話劇舞台，對身為一個演員的自我精神控制也有幫助。話劇是不容許NG的現場表演。因此，我的NG意味著當天表演的失敗。站在如此赤裸裸的舞台上，根本使不了任何小聰明。每天、每天結束表演後，立刻就得面對同事的評價與觀眾的反應。每次站在舞台上，都能意識此刻的自己有什麼不足；每天都對自己有些失望，並正視自己需要填補的漏洞有多龐大。一旦出錯了，便開始怪自己的才能不夠，也正好放任自己陷入低潮。然而，假如我在話劇舞台上倒下了，是不可能馬上找到替代演員的。低潮也好，憂鬱也好，無論如何都得戰勝私人理由，好好踏上舞台才行。反覆經歷這種過程，自然有助於延續演員生涯——減少在低潮中掙扎的時間，儘速振作精神前往下個階段。

倘若一個人在未曾做過這些準備，便走上「演員」這條路，會如何呢？太過脆弱的腳下地基，便會為了他人的一句話而受傷，而動搖；大受歡迎後，反而越容易掉進更嚴重的低潮。因為心中沒有清晰的構圖指引自己接下來該走向何處？該成為什麼樣的演員？根據周圍的建議，而非自我意志決定方向，於是一次又一次後悔著為什麼要參與那些不適合自己的作品或活動。如果連自己都沒有人生的主導權，無疑只會令處境變得越來越危殆。

我想起之前在某個飯局碰見的年輕朋友。幾杯酒下肚，他立刻露出不知道自己到底該做什麼的空虛神情。雖然我無從得知他的煩惱與痛苦，但看起來似乎是以藝人身分出道後，面對突然轉變的生活而感到難熬。

演員的生活真的沒有那麼簡單。除了物理上的時間開始變得不夠外，原本支撐自己的日常生活的消失，也不是單憑意志就能輕易克服的事。從前自然走著的路，沒有距離感地輕鬆對待自己的所有人、像自己家一樣常去的店家、秘密基地……一切都在轉瞬間改變了。一切都變得不自然、尷尬，陷入一種不知道該去哪裡的狀態。置身這種狀態之中，脆弱的個人還能做些什麼？一直以來的生活被瞬間推翻，絕對不是靠一己之力就能克服的事。儘管老是覺得任何事都能靠個人意志或努力戰勝，卻也有許多事並非如此。

雖然總說「不要忘記初心」，但這絕對不容易。時間不斷流逝，而包圍我的環境時刻都在改變，如何能原原本本地謹記並珍惜那份最初的心呢？這似乎不是靠意志就能維持的事。

演員的生涯中，低潮經常找上門。因此，必須熟悉低潮，必須在經歷一次次的失敗嘗試後，不為那些跌撞、挫折的日子崩潰才行。哪怕只是提早一歲，能在越年輕時經歷越多低潮，或許那就不是失敗，而是經驗。年紀越大，這種低潮越容易使人動搖，也需要花越多時間重新振作。趁自己尚能堅持與擁有學習的力氣時，找上我的低潮就不是失敗，而是能使我成熟的老師。

以為在拍攝現場，要比別人更快達到了不起的成果，這個並不需要。真正需要的是充分淬鍊的時間。在這段淬鍊的時間裡，當那個名為「低潮」的傢伙找上門時，才能轉化成黃金時間。

即使各自經歷低潮的時期與狀況都不同，但低潮終會找上我們每個人。所謂低潮，不是忽然降臨在某個不幸之人身上的災難，而是猶如日出時落下的陰影般，是人生的另一種面貌。

這位名為低潮的老師，不會一輩子都來找我。既然如此，我想熟悉這位老師。對我來說，低潮不是人生途中的障礙物，而是能讓我變得謙遜的老師。

除了有幸早早和好朋友們在話劇舞台上練習如何當個演員外，我還有另一件要感謝的事——從小就和演員住在一起。

從很久以前開始，只要打開我們家的電視，就會見到我父親。跟著父親一起去親戚家或與大人們見面的我，得以從旁看著父親如何待人，以及他人如何待父親的景象。演員究竟過著什麼樣的人生，我從小便非常自然地看著、學著這一切而成長。因此，當成為演員時，我對自己的生活不感慌張，也對於去到哪裡都會有人認出自己的情況不感陌生。由於家人與親戚已經看過父親一路走來，根本不覺得我是個演員有什麼特別的。對我們而言，一切都是那麼自然。

不同於被移植到市中心的小行道樹，在森林長大的小樹往往能長得更強壯、活得更久。因為在森林長大的小樹被高壯的大樹遮蔽學會適當地爭取日照量，讓自己堅強茁壯。當樹木聚在一起時，也會分享彼此的養分，幫助彼此成長。於是，一棵棵樹木成為了名為森林的共同體，置身其中的小樹不畏氣候變化，逐漸延伸扎根。

不僅是父親，一直以來與我一起工作的每個人，對我來說都如同森林般。他們就是無論日曬、颳風，都能讓我走入其中棲身的那片森林。這樣的森林，除了演員，或許也是所有生命的必需之地。

我遇見的努力大師們

想想努力的密度

即使認為自己一直以來還算是用心、認真過生活，有些時候卻莫名感覺不足——當我在義大利旅行，見到米開朗基羅繪於西斯汀禮拜堂天花板的《創造亞當》時。一股極度強烈的感覺襲來，我開始對於找上自己的情緒感到羞愧。據說，米開朗基羅為了繪製天頂畫，天天以仰頭的姿勢持續創作好幾年，因此弄傷了頸椎，終生飽受痛楚。不僅過勞創作，還因為時不時滴進雙眼的顏料，導致後來幾乎失去視力。佇立於已非人界，而是天界藝術品的米開朗基羅畫作之下，僅是渺小人類如我，為了觸及真正的天，我於是開始嚴肅以對自己曾承受的痛苦與付出的努力。

我同樣也向活在同時代的傑出電影人學習努力與基本功。拍攝朴贊郁導演的《下女的誘惑》時，我得以在近處觀看與感覺大師的縝密。他既是十分努力的導演，同時也是努力密度與別人不同的藝術家。那份縝密，與其說是單純來自其細膩與敏銳的性格，我更感覺是因為他對電影的態度本身已是與眾不同。

舉例來說，電影《下女的誘惑》花了七年時間才完成。朴贊郁導演在讀過莎拉・華特絲（Sarah Waters）的小說《荊棘之城》後，為了翻拍成電影，親自改寫劇本。然而，讀完幾經艱難才完成的劇本，他卻下了這樣的結論：

「還不是時候。」

以他的標準來說，他認定自己的劇本完成度尚未達標。於是，他先去美國拍了《慾謀》，返國後，重新回到原點，再次著手改寫劇本。

完成試鏡後，等到我真正讀《下女的誘惑》的劇本時，才知道由我飾演的伯爵，幾乎有百分之七十的台詞都是日文。需要講大量日文台詞的角色不只有我，只是很奇怪的是，劇本上完全沒有用韓文標注任何讀音。朴贊郁導演的要求是：消化日文台詞時，不是像金魚一樣動動嘴跟著韓文讀音唸，而是得事先學好平假名與片假名，完全弄懂一個字、一個字該如何發音與連結才行。連這種細節都要求演員必須做到的，正是層次不同的電影人朴贊郁導演。

我立刻開始學日文。自開鏡前的四個月起，我一周會上四次每堂兩小時的日文課。雖然是在製作公司上日文課，但牆面還是會貼上演員們的姓名與進度表。每次上完課，都得向導演報告功課的完成度。天天讀、寫日文，努力地為了讓每個字的發音都能像真正的日本人。

光是集合讀劇本就高達三十多次。不過，從這裡也能感受到朴贊郁導演的細膩。為了確認演員們的日文發音與語調是否自然，現場還特地安排日本人一起參與，而且還不只一位。由於語言會隨著個人的習慣、出生地、性別、年代而產生細微變化，如果僅由一人判斷，可能會出現太過偏重個人語言習慣的結果。考量到所有變數的朴贊郁導演，邀請了日本男演員、日本女演員、在韓日僑、教授等六位日本人共同出席，在聽完各個演員的台詞後，一一做出評論。之後，再將六位日本人各自的觀察與評論寫成報告，並根據這份報告重新決定演員的功課量。

關於發音，朴贊郁導演的完美主義可不只適用於外文。朴贊郁導演還會分辨韓文的長、短音，以確認演員連台詞的發音部分都能精準呈現才行；也會事先將用於電影的背景音樂交給演員，讓我們能從頭到尾聽一遍。此外，他還會將符合電影藝術概念與類似氛圍的畫冊送給演員，並提前預告「我們這組會用這種氛圍與色調呈現。」

至於在收音狀態不佳或演員發音不準、漏掉聲音而必須重新錄音的後製作業中，朴贊郁導演也和別人不同。一般來說，後製錄音會在兩、三天內完成。然而，《下女的誘惑》的後製錄音花了大約兩星期。沒有任何一處的馬虎。彷彿地毯式搜索，彷彿紡織縫線似地，檢查每一字、每一句的台詞。

提及「努力」這個詞彙時，通常會想到儘量投入所有時間與資源，以萃取出最佳結果的畫面。只是，唯有在確實明白努力的方向與方法，才能將其擴大到另一種層次。朴贊郁導演，是深諳努力的方向與方法的導演，更是透過不斷提升的努力密度，將自己獨有的印章鏤刻於所有作品之中。在大家集合讀《下女的誘惑》的劇本現場，即使我每次都得抱著要去考試的心情，肩負著無比的壓力，但回過頭來才發現，藉由這段過程，除了日文實力，我也同時更新了自己努力的密度。

演員，是種被選擇的職業。無論自己有多努力，如果不被導演與觀眾所選擇，演員也無法演出電影。既然如此，同樣也得被選擇的新人演員，只能在漫長的時間裡，無止境地等待。那段自我折磨的時間，或許會感覺自己什麼也做不了，甚至懷疑眼前的路根本不是屬於自己的。假如過程中忽然得到了千金難買的試鏡機會，傾注全力準備後卻落選的話，只會感覺加倍挫折。只因相較於急切苦等的歲月，試鏡的瞬間實在太過短暫。

每當後輩們傾吐這些煩惱時，我都覺得很心痛。我當然也有過那段時期，沒有任何預定計畫、沒有任何舞台，早上起床卻沒事做；沒人要見，也沒有約。更殘酷的是，不知道這樣的日子什麼時候會結束。是適合讓自己深陷在無力感與憂鬱深淵的絕佳時期。

當時我想，至少先努力做點運動。有些人，在初次見面時就能感覺對方充滿能量，渾身散發著活力，表情也很開朗。對演員來說，這種第一印象比什麼都來得重要。如果說試鏡是在猶如閃電般的一剎那下決定，那我無論如何都想抓住那個剎那。儘管試鏡是三分鐘內決定一切的殘酷戰場，但我相信，寶石同樣能在如此短暫的時間內散發自己的光芒。我認為，想讓自己的身體隨時維持精力與能量，絕對少不了運動。因此，在我曾經茫然的那段時期，光是健身房都要一口氣去三間。第一間是由朋友父親經營的健身房，可以免費入場；第二間是位在漢南洞平價地段的健身房，所以我馬上就報名了；至於第三間，是別人用韓幣七十萬元轉讓設備很好的江南健身房終生會員資格，隨時想去就去。在別人眼中，拚命運動的我看起來就像是正準備拍什麼強檔動作大片的演員，但當時的我，其實根本沒事做。我生活的唯一教條是：既然沒什麼特別的事，與其癱在那裡，倒不如出去走路。

在運動時間外，也會打電話給朋友們，蒐集與分享各種試鏡資訊；當然還有不斷地看電影。由於看電影對演員來說是種學習，有時一天會看三、四部電影，有時則是重複看同一部電影。看了超過百遍的電影，在走路時、等某人時、獨處時，反覆咀嚼早已熟記的某一幕。此外，每星期也訂下幾天時間，開始學英文和鋼琴。因為不知道什麼時候需要飾演什麼角色，若能通通準備好的話，我想總有一天能派上用場。

到了晚上，我會在回家前沿著漢江走走，整理一下一天做過的事。當時，一天平均會走六小時左右。邊走，邊振作自己紊亂的心。即使演員確實是被選擇的職業，但我相信，靠自己的雙腳一定能走上那個被選擇的舞台。

「我會努力做到最好。」

許多人陷在危機與絕望深淵時都會這麼說。然而，有時我會懷疑自己認為的最好，或許不是最好。我心想，「說不定還有其他方法能扭轉眼下的情況，在這麼難熬的時期默默撐著就說是努力，會不會根本是錯覺？」

雖然不知道是不是適當的比喻，但在樹下等待柿子掉下來的情況，其實意外地多。張大嘴，動也不動地持續等著柿子掉落，結果搞得自己又是下巴痛，又是身體發麻。完全不見迫切等待的柿子有掉落的跡象，而從樹上下來的只有各種小蟲，令人惱火地爬行著。渾身發癢之餘，當然也很痛苦。不努力，便看不見。既然承受著沉重的苦痛，顯然是付出了努力。只是，還有像是爬到樹上剪下樹枝、使盡全身力氣搖晃樹幹、到村裡拿根長竿來摘柿子等各種方法，同樣的那段時間，大可嘗試做些其他事。

不要因為當下承受著痛苦，便錯覺自己正在努力。務必隨時看看四周，想想自己會不會在根本不是公車站的地方，等著永遠不會來的公車。

人生在世，我一次又一次地領悟自己一直以來所做的努力，根本沒那麼了不起。即使曾在某個瞬間認為自己已經盡全力了，終有一天還是會遇到感覺這些努力變得微不足道的情況。於是我等待著，與那些努力強度和密度的層次與眾不同的人相遇的嶄新日子。

工作、作品都很憨直。恰如移動多少身體，就會憨直地往前多少步的走路一樣，作品與工作同樣不會「賴皮」。

我相信這樣的憨直。

為走路的人祈禱

人類的條件

途經京釜高速公路時，我瞥見了這句話：

「既然可以祈禱，為什麼要憂慮呢？」

經常路過這條路的我，理應已經看過很多次，卻在某天才突然映入眼簾的這句話，就此久久留在心上。無論在生活中遇上什麼試煉，我始終認為：「好，只要我還能祈禱，就夠了。」

我是基督徒。每個星期日早上會上教會祈禱，睡前會祈禱，前往拍攝現場前會祈禱，見過每個人後的返家途中也會祈禱。對我而言，祈禱是無異於吃飯、呼吸、走路一樣的日常。然而，就算信仰的是其他宗教，或是沒有任何信仰的任何人，同樣可以祈禱。

當我偶爾試著回顧自己一路走來的過去時，忽然會感到害怕。究竟是何種力量，帶領什麼也不是的我走到這裡呢？看著加在自己名字前的形容詞，我在感激之餘，有時卻也覺得膽怯。彷彿僅是幸運的過去這段時間，往後還能維持下去嗎⋯⋯

我當然不是隨便過著生活的人。隨時都在為了成為演員、成為更好的人，而盡心盡力地活著。然而，我漸漸瞭解了這種程度的努力，並不一定能換來成果。渺小如我，一生中遇見了無數的人，經歷了無數的偶然。在數不清的關係中，自己的努力僅是細微至極且絲毫不具決定性的一部分這件事，再也不會使我感到吃驚。儘管過去曾經錯覺某種成果來自於自己的用心，是對自己努力的報償，但現在的我早已明白——自己渺小的力量，足以觸及的範圍根本狹窄得不得了。

隨著開始領悟這個事實，我有意識地加倍用心祈禱。我想反省，我想變得謙遜，我想變得誠實。即使不是信仰神，但只要經歷過來自於對人生產生重大影響的偶發事件，或預料之外的變數，所帶來的巨大力量，大概就能理解我的心情——醒悟自己什麼也不是的瞬間，剩下能做的事，也只有盡力過生活與祈禱了。

一直以來，我總是單純祈禱著讓自己能在拍攝現場開心地面對所有人，並帶著興奮的心情工作。原因來自於自己的老套想法：比起做得好、做得成功，我更渴望的是在拍攝現場的每一天都能感覺幸福，感覺專注其中的快樂；有時，我也為因為製作電影而相遇的某個人祈禱。我知道他因過去用心籌備的工作進行得不太順利，正處在相當艱難的時期，所以也能感受得到他為了現在準備的計畫賭上一切的迫切。與他一起吃完午餐後，各自回家的路上，我在心中祈禱著他的每件事都能順利解決。

不過，不知從何時起，我的祈禱內容稍微有些改變。最近祈禱時，我不再條列自己的願望。只是祈禱著，讓我的雙腳充滿力量，好能強健地走在神賦予我的道路。

人生，就只是活下去。健康地、專心地走路，或許已是你我人生能做的全部。無論再怎麼苦思，我始終覺得人類能做的事有限。很奇怪的是，只要祈禱，心情就會變得舒坦些。面對任何事，都能變得大膽些。不管自己如何奮力掙扎，總有些事情是無能為力的，這對我來說不等於放棄或死心，而是贈與我的某種傻勁。讓我得以勤奮地走在賦予我的道路上。

沒有人能一輩子都不遇上不幸的事，我當然也一樣。所謂人生，或許是場較量著誰能先學會擺脫不幸、痛苦之事的比試。每個人都會遭遇意外、經歷痛苦、受到傷害、悲傷，而這些事比想像中更容易擊潰我們。一旦停留在那樣的狀態太久，摧毀我們的便不再是某事或某人，而是我親手將自己推向毀滅的深淵。人生的課題，便是最終能多快逃出那潭深淵，何時能變得沒事？能不能復原？無論置身什麼處境，持續走路、親自做料理來吃等日常瑣碎事，便足以將我救出那潭深淵。

謙卑於賦予我的才能，並感謝一切成果。

我下定決心，邊走，邊吃，邊祈禱。

在藏語中，「人類」意指「走路的存在」或是「且走，且徬徨的存在」。

我祈禱。祈禱將來的我，始終是個走路的人；祈禱無論置身何種處境，始終是不放棄再踏出一步的人。

在藏語中，「人類」意指「走路的存在」
或是「且走，且徬徨的存在」。
我祈禱。祈禱將來的我，始終是個走路的人；
祈禱無論置身何種處境，始終是不放棄再踏出一步的人。

特別感謝

昆西・瓊斯（Quincy Jones）
雷・查爾斯（Ray Charles）
史提夫・汪達（Stevie Wonder）
麥可・傑克森（Michael Jackson）
惠妮・休斯頓（Whitney Houston）
納斯（Nas）
肯伊・威斯特（Kanye West）
雷霸龍・詹姆斯（LeBron James）
麥可・喬丹（Michael Jordan）
史考提・皮朋（Scottie Pippen）
大衛・羅賓森（David Robinson）
哈基姆・歐拉朱萬（Hakeem Olajuwon）
詹姆士・哈登（James Harden）
柯比・布萊恩（Kobe Bryant）
勞勃・狄尼洛（Robert De Niro）
艾爾・帕西諾（Al Pacino）
柯恩兄弟（Coen brothers）

法蘭西斯·柯波拉（Francis Ford Coppola）
馬丁·史柯西斯（Martin Scorsese）
馬修·麥康納（Matthew McConaughey）
伍迪·哈里遜（Woody Harrelson）
伍迪·艾倫（Woody Allen）
秋信守
愛迪·琵雅芙（Édith Piaf）
巴勃羅·畢卡索（Pablo Picasso）
傑克遜·波洛克（Jackson Pollock）
尚米榭·巴斯奇亞（Jean-Michel Basquiat）
貝納·爾畢費（Bernard Buffet）
凱斯·哈林（Keith Haring）
俠客·歐尼爾（Shaquille O'Neal）
小野麗莎
史坦·蓋茲（Stan Getz）
尼可拉斯·凱吉（Nicolas Cage）
德瑞博士（Dr. Dre）
艾米·懷豪斯（Amy Winehouse）
查理·卓別林（Charlie Chaplin）

文學森林 LF0121

走路的人，河正宇

걷는 사람，하정우

作者
河正宇（하정우）
演員、電影導演、電影製片、作畫的人，以及走路的人。

譯者
王品涵
專職翻譯，相信文字有改變世界的力量；畢業於國立政治大學韓國語文學系，現居台北。

封面設計　陳恩安
行銷企劃　楊若榆
編輯協力　陳柏昌、李岱樺
版權負責　李佳翰
副總編輯　梁心愉
初版一刷　二〇二〇年一月六日
初版七刷　二〇二三年四月七日
定價　新台幣四百元

ThinKingDom 新經典文化
發行人　葉美瑤
出版　新經典圖文傳播有限公司
地址　臺北市中正區重慶南路一段五七號十一樓之四
電話　02-2331-1830　傳真　02-2331-1831
讀者服務信箱　thinkingdomtw@gmail.com
粉絲專頁　http://www.facebook.com/thinkingdom/
總經銷　高寶書版集團
地址　臺北市內湖區洲子街八八號三樓
電話　02-2799-2788　傳真　02-2799-0909
海外總經銷　時報文化出版企業股份有限公司
地址　桃園市龜山區萬壽路二段三五一號
電話　02-2306-6842　傳真　02-2304-9301

走路的人，河正宇 / 河正宇著；王品涵譯. -- 初版.
-- 臺北市：新經典圖文傳播, 2020.01
320面；13×20公分. --（文學森林；LF0121）
ISBN 978-986-98015-8-4（平裝）

862.6　　108020683